ABENDDÄMMERUNG

AF210901

ARTHUR BERGINZ

ABENDDÄMMERUNG

Gedichte und Kurzgeschichten

Geschrieben 1977-1986

Bibliografische Information der Deutschen Nationalbibliothek
Die Deutsche Nationalbibliothek verzeichnet diese Publikation in der
Deutschen Nationalbibliografie; detaillierte bibliografische Daten sind
im Internet über http://dnb.d-nb.de abrufbar.

Satz, Umschlaggestaltung, Herstellung und Verlag:
Books on Demand GmbH, Norderstedt
ISBN 978-3-8334-7119-3

Inhalt

VORWORT

An diesem Buch habe ich mit Liebe und Sorgfalt gearbeitet. Trotzdem ist es mir bewusst, dass das Geschriebene nicht jeden anspricht, denn niemand kann ein Buch schreiben, das allen gefällt. Es ist auch schwer, immer die richtigen Worte zu finden. Einigen werden sie gefallen, andere wiederum werden sie als nichtssagend kritisieren. Ich habe einfach Wörter wie Samenkörner ins Buch gestreut und hoffe nun, dass sie in einigen Herzen wachsen.

Den Titel Abenddämmerung habe ich deshalb gewählt, weil ich in dieser Zeit die meisten Einfälle habe. Auch einige Gedichte passen ganz gut zu diesem Titel. Abenddämmerung ist für mich auch Entspannung, Ruhe und Besinnlichkeit. Vielleicht deshalb erinnert mich dieser Zeitabschnitt immer ein wenig an Kirche und Religion. Auf jeden Fall habe ich diese Tageszeit ganz tief in mein Herz geschlossen.

Arthur Berginz

ABENDDÄMMERUNG

Leise bricht die Nacht herein,
der Tag legt sich zur Ruh',
der Berg versteckt den Sonnenschein,
das Dunkle deckt uns zu.

Wie lieb' ich diese stille Zeit,
ich spür' Befriedigung
und streife ab mein Sorgenkleid
in der Abenddämmerung.

EBBE UND FLUT

Das Meer spie seine Wellen weit ins Land,
die Menschen haben dies dann Flut genannt.
Als die Wellen aber sahen,
welch arge Menschen da am Ufer waren,
flohen sie zurück ins Meer,
Ebbe nennt man dies seither.
Doch wollen die Wellen nach einigen Stunden
den neuen Stand der Dinge erkunden,
vorsichtig sieht man sie landwärts graben:
Ob die Menschen sich gebessert haben?
Dieses Vor – und – Rückwärts – Gleiten,
nennen wissend wir Gezeiten.

GLOCKENGELÄUTE

Das erste Mal klangen die Glocken
beim Taufgang alleine für mich,
beim zweiten lieblichen Läuten
ehelichte ich.

Beim dritten Glockengebimmel
– mein letztes Geläut wird es sein –
trete ich ein in den Himmel,
müde kehre ich heim.

EIN TAG WIE DEIN FREUND

Wenn ein neuer Tag beginnt
und ein Vogel vor dem Fenster singt,
wenn man glücklich ist am Morgen,
ohne Furcht und ohne Sorgen
und Freude aus dem Herzen springt,
wenn das Morgenrot die Wolke säumt,
ein Nebelschwaden durch die Felder streunt,
wenn die Sonn' den Tau bescheint
und man Freudentränen weint,
dann wird dieser Tag dein Freund.

LIEBER SO

Ein harter Kopf,
ein weiches Herz
ist meine Etikette,
so ist's mir wohl,
so lebt sich's gut,
als wenn ich's anders hätte.

KINDERSPIEL

Bum, bum, bum! Ich hörte das laute Hämmern schon, als ich die Treppe zur Wohnung meines Bruders hochstieg. Ich war eingeladen zu Kaffee und Kuchen und wahrscheinlich einigen Schnäpschen. „Sicher baut man irgendwas um", dachte ich. Es wird ja in den Mehrfamilienhäusern ständig etwas erneuert, geflickt oder umgebaut. Bum, bum, bum! Ich hörte dieses monotone Geräusch immer noch, als ich längst bei Kaffee und Kuchen sass. „Dieser Handwerker, der dieses Geräusch verursacht, muss eine ordentliche Ausdauer haben", musste ich neidlos anerkennen. Es wunderte mich bloss, dass in diesem neuen Haus schon Reparaturen notwendig waren. Bum, bum, bum! Ich hatte bereits einige Schnäpschen intus, darum dröhnten diese Laute wie eine fremdartige Buschtrommel in meinem Kopf. „Wird hier umgebaut?" fragte ich, nun langsam neugierig geworden, meinen Bruder. „Nein, nein, das sind bloss die Kinder. Sie spielen im Kinderzimmer", sagte er ganz ruhig. „Darf ja nicht wahr sein! Deine Kinder?" fragte ich ungläubig. Ich dürfte mich bei mir zu Hause unmöglich so laut ausdrücken, ohne die Kündigung zu riskieren. Ich wäre sogar bereit, die Insekten, die widerrechtlich meine Wohnung mit mir teilen, mit Vitamin C zu behandeln, wenn sie erkältet sind, weil mich beim Husten einer Fliege Schwierigkeiten erwarten könnten. „Was machen denn die Kinder im Zimmer?" bohrte ich weiter. Mit einer störrischen Gleichgültigkeit und einer unglaublichen Ruhe zuckte er mit den Achseln: „Spielen, ja, wahrscheinlich spielen sie." Ich muss ihn angestarrt haben, regungslos wie ein Leguan. „Ich kenne kein Spiel, das einen derartigen Lärm verursacht", wusste ich nach langem, intensivem Zurückdenken an meine aktiven Spieltage. Nun konnte ich diesem Krach nicht mehr tatenlos zuhören und entschloss mich nachzusehen. Als ich vorsichtig die Türe öffnete, um die lieben Kinder beim seltsamen Spiel nicht zu stören, und nachschaute, bekam ich das Herzflattern. Der Ältere hackte, total durchgeknallt, wie ein wilder Pavian mit Hammer und Meissel auf die Wand ein, während der Jüngere das abgehackte Mauerwerk säuberlich in einen Behälter räumte. Es fehlte bereits ein beachtlicher Teil der Wand, nicht sehr tief, aber in der Grösse kaum zu übersehen. Erschrocken wie ein Schwan kurz vor dem Wasserfall, starrte ich zum Tatort. „Um Himmels willen, was tut ihr denn?" schrie ich den Kindern zu. Die wiederum schauten mich an, als wäre ich eben erst auf die Welt gekommen, weil ich so schrie. Mein Aufschrei hat wenigstens bewirkt, dass mein Bruder sich bemühte, seinen müden Hintern vom Stuhl abzuheben. Er stand neben mir, schaute dem Treiben zu und fragte die Kinder ganz ruhig: „Was gibt das?" „Papi, wir wollen hier ein Fenster", gab der ältere lauthals von sich. „Aber vorsichtig, nicht hinausfallen, wenn ihr soweit seid", lachte mein Bruder. Ich erlebte dies alles, als wäre ich im falschen Film. Ich trat dann in Aktion, riss die beiden bereits vorhandenen Fenster auf, um die mit Staub vermischte Luft hinauszulassen. Wieder in der Stube beim Schnaps, klopfte mir mein Bruder freundschaftlich auf die Schulter, sagte etwas von gestresst und ich sollte mal ausspannen. Man dürfe den Kindern nicht alles verbieten, zudem würden sie sich kaum durch die Mauer arbeiten können, diese wäre zu dick und er werde morgen mit Gips alles wieder in Ordnung bringen. „Prost Bruder!" und drückte mir ein Bier in die Hand. „Ja, alles wieder in Ordnung bringen, sie kommen nicht durch die dicke Wand, man kann ihnen nicht alles verbieten", plapperte ich seine Worte nach. Ich war in ein geistiges Tief gerutscht und brauchte nun eine Weile, um mich zu erholen. Aber warum kümmere ich mich eigentlich um so Alltägliches? Liegt es etwa an mir zu entscheiden, welche Sache auf dieser Welt einen Sinn hat und welche nicht? "Prost Bruder!"

DAS PFAND

Die Hoffnung hatt' ich aufgegeben,
gepaart mein' Weg zu geh'n.
Nun stehst Du in meinem Leben,
Dein Kommen war so schön.

Du mochtest mich schon lange,
und als ich dies verstand,
ergriff ich ohne Bange
die dargebot'ne Hand.

Jetzt möcht' ich mit Dir leben,
geb' Dir ein' Schwur als Pfand:
Ich will Dir all das geben,
was in den Briefen stand.

FRÜHLING

Wenn die Knospen wieder spriessen,
Bächlein durch grüne Wiesen fliessen,
kein Eis und Schnee die Landschaft ziert,
die Sonnenwärme stärker wird,
wenn Liebende sich paaren,
Kinder wieder Rollschuh fahren,
Junges springt aus allen Herden,
die Tage wieder länger werden,
wenn Vögel singen auf den Bäumen,
Goldregen alle Wege säumen,
Blumen wiegen im lauen Wind,
die Menschen wieder fröhlich sind,
wenn der Bauer sät im Marzen
und die Sonne scheint im Herzen,
wenn's dich zieht in fremde Länder,
dann steht Frühling auf dem Kalender.

WÜNSCHE

Hätt' man mich als kleiner Junge
nach meinen Wünschen mal gefragt,
ich hätt' mit loser Zunge
folgendes gesagt:

„Möcht' immer bei der Mutter bleiben
und so werden wie der Vater ist,
in Niklaus Kutsche durch die Wolken treiben
und möcht', dass mich das Christkind nie vergisst."

Doch schon nach ein paar Jährchen,
wenn man Kinderbücher liest,
wollt' ich zu den Elfen, wie im Märchen,
da wo der Regenbogen ist.

Im Mannesalter würd' ich sagen:
„Eine Reise um die Welt,
einen teuren, schnellen Wagen,
hübsche Frauen und viel Geld."

Dann wird man langsam weise,
das dunkle Haar wird hell,
wünscht man sich als Greise
für die Menschheit generell:

„Der alten Welt die grosse Wende,
immer Frieden hier auf Erden
und dass alle Elemente
in Kürze wieder sauber werden."

MEIN FREUND

Ich fuhr in meinen Ferien
durch die Wüste von Algerien,
wo ich in einer Oase einen Esel fand,
den man einfach an einen Pfosten band.

Er schaute zu mir mit Verdruss,
weil er ein Eseldasein fristen muss,
sein Leid sah niemand ausser mir,
so sprach ich mit dem armen Tier:

„Lieber Freund, musst dich nicht grämen.
Was willst du dich vor Menschen schämen?
Es weiss doch heute jedes Kind,
dass auch unter Menschen Esel sind."

Jetzt strahlte plötzlich sein Gesicht,
er begehrte mich, der Bösewicht,
er grinst' mir zu, lag mir zu Füssen,
so wie sich sonst nur Esel grüssen.

Jedes Mal, wenn ich vorbeimarschier',
zwinkert dieses graue Tier.
Ich weiss nun wirklich keinen Rat.
Ob er mich falsch verstanden hat?

Ein Tuareg, ein sehr gescheiter,
half mir nach dem Fragen weiter:
„Ich kann dir schon die Antwort geben:
Ein Esel erkennt den andern eben."

DIE UNDEFINIERBARE KRANKHEIT

Ich kam heim, zurück aus dem Orient, wo ich gearbeitet hatte. Der Koffer war voller Souvenirs, und im Kopf sassen tausend Erinnerungen fest. Wieder einmal war eine Montage zu Ende, wieder einmal kam ich heim aus einem fernen, fremden Land in die vertraute, saubere Schweiz und gehörte nach der Landung in Zürich wieder zu den Einheimischen. Aber nicht nur Souvenirs, Erinnerungen und Erlebnisse brachte ich mit, leider auch eine undefinierbare Krankheit. Ein Hautausschlag dekorierte meinen Körper mit dunkelroten Flecken vom Fuss bis zum Po, allerdings nur auf einer Körperseite. Es juckte nicht, es schmerzte nicht, nur war ich meistens saumüde und litt unter Schwindelanfällen. Ärzte im anderen Land diagnostizierten eine venöse Infektion. Ich rätselte, wo ich eine Veneninfektion aufgelesen haben könnte. Kalter Schweiss nässte meinen Rücken, weil man mir nicht sofort sagen konnte, ob diese Infektion ansteckend sei, denn meine Frau war zu diesem Zeitpunkt schwanger. Man zapfte mir Blut ab, und mein Urin wurde ebenfalls untersucht. Ein Arzt bat mich, nach einer Woche nochmals vorbeizukommen, um das Resultat abzuholen und den Befund mit ihm zu besprechen. Es war eine lange und schlimme Woche, immer wieder dachte ich daran, womöglich meine Frau und das ungeborene Kind angesteckt zu haben. Mit zittrigen Knien sass ich eine Woche später dem Doktor gegenüber und vernahm die Diagnose. Ich hätte ihn küssen können, als er sagte: „Also, mit Bestimmtheit keine Infektion. Nur der Zustand ihrer Leber ist alarmierend." Auf meine Frage, was nun diese Flecken bedeuten und ob ich Angst haben müsste, meine Frau und das erwartete Kind angesteckt zu haben, meinte er bestimmt: „Es gebe keine Ansteckungsgefahr." Er nannte noch fünf hochintelligente Wörter, warum dies so sei. Ich habe sie aber alle wieder vergessen und vor allem auch nicht verstanden. Er kratzte an seinem klugen Kopf und gab mir ein Schreiben, mit dem wahrscheinlich kein Spital auf dieser Welt etwas anfangen konnte. Wollte ich aber die nächsten 10 Jahre mit meinem Kind zusammen sein, müsste ich den Alkoholkonsum drastisch reduzieren. Hauptsächlich die hochprozentigen Getränke, redete er mir noch ins Gewissen. Ich wusste zwar immer noch nicht, unter welcher Krankheit ich zu leiden hatte, aber ich war froh, dass ich „nur" eine kaputte Leber habe und somit sicherlich niemanden ansteckte. In dem Schreiben, das ich bekam, las ich: „Abklärung Beinekzem unklarer Art." Eine Rechnung lag noch bei von umgerechnet 160 US – Dollar.

In Zürich angekommen, suchte ich zuerst für meine Frau und das kommende Kind eine Bleibe. Man riet mir, im Kanton Zürich zu bleiben, da es nirgendwo sonst auf der Welt eine so gut organisierte ärztliche Betreuung gebe wie in diesem Kanton. Ich wollte nun endlich wissen, was für eine Krankheit mit meinem Körper kämpfte und meldete mich bei einem Facharzt für eine Untersuchung an. Dieser Facharzt fand die Ursache für mein Leiden schnell. Er diagnostizierte nach der Blutanalyse: „Also, Ihre Leber ist gesund und was die Flecken anbetrifft, ist die Pflanze ‚Bärenklau' verantwortlich. Sie müssen auf einer Wiese gelegen haben, in der diese Pflanze beheimatet ist. Vor allem die Samen dieser grossen Pflanze enthielten Substanzen, die auf der Haut Verbrennungen verursachen, und dann würden eben solche Flecken entstehen. Es wird Jahre dauern bis die Flecken wieder verschwinden, wenn überhaupt. Ich würde an Ihrer Stelle nichts unternehmen, nur abwarten." Beim Verlassen der Praxis konnte ich das Lachen nicht verkneifen. In diesen Ländern, wo ich in den letzten Jahren gearbeitet hatte, sah ich selten eine Wiese, meistens nur Dreck und Sand. Wenn ich dann doch mal einem kleinen, vergammelten, halb verdorrten Rasenstreifen begegnete, glaube ich kaum, dass darin die Pflanze „Bärenklau" blühte. Aber bestimmt käme mir nie der Gedanke, mich in diesen verödeten Rasenstreifen zu legen. Ich bekam dann nach der Konsultation eine Rechnung zugeschickt, die jene in der Ferne bei weitem übertraf. Abwarten, wie der Schweizer Arzt riet, wollte ich auch nicht, es musste bezüglich meiner undefinierbaren Krankheit etwas unternommen werden. Mir stand wieder einmal eine Abreise bevor. Ich wollte mit einem Kollegen eine Grossbaustelle in Nordafrika übernehmen, und die Absicht war, gesund in dieses Land einzureisen. An einem Donnerstag hatte ich einen Termin für 10.15 Uhr im Toxikologischen Institut für eine Impfung. „Das passt ja gut", dachte ich, „so kann ich noch am gleichen Tag in der Dermatologie mein Beinekzem untersuchen lassen." Die Sprechstunden habe ich dem Telefonbuch entnommen: Donnerstag ohne Voranmeldung von 8.00 – 11.00 Uhr. Ich wusste aus früheren Untersuchungen, dass jede Poliklinik immer stark frequentiert wird, darum war ich an diesem Donnerstag früh unterwegs. Um 7.00 Uhr stand ich schon vor der Eingangstüre zur Dermatologie, jedoch nicht alleine. Sicher standen schon 10 bis 15 vorwiegend ältere Leute vor der Pforte. Sie schienen sich alle zu kennen und lamentierten lautstark über ihre Leiden. Es waren ausschliesslich Wesen im Rentenalter, denen wahrscheinlich um 5.00 Uhr früh der Rücken vom Liegen weh tut und sie darum um 6.00 Uhr schon pudelmunter auf der Matte stehen. Ich war erstaunt, als ich zwei Anmeldeschalter sah. Beim einen war zu lesen: Für Patienten mit Termin. Beim anderen: Für Patienten ohne Termin. Ich stand also am zweiten Schalter an und meldete mich. Ich schritt ungefähr als einundzwanzigster ins Wartezimmer. Es ging ziemlich flott voran, und ich merkte mir die Gesichter, die nach mir kamen. Als der Uhrzeiger auf 9.00 Uhr sprang und man ständig solche Gesichter aufrief, die nach mir kamen, wurde ich nervös und fragte am Schalter nach dem Grund. Eine garstige Mannsfrau mit Bürstenschnitt und strammer Haltung klärte mich auf: Zuerst würden immer die Patienten aufgerufen, die einen Termin haben. Wenn also laufend solche Patienten erscheinen mit Termin, würde ich automatisch immer weiter nach hinten rutschen. Meine Ängste, ich sei seit 7.00 Uhr da, hätte aber noch einen Termin im Toxikologischen Institut, beruhigte sie: „Das reicht mit Gewissheit." Um 9.15 Uhr, eine Stunde vor meinem fixen Termin, beobachtete ich, dass solche, die am Schalter für Patienten ohne Termin anstanden, vor mir aufgerufen wurden, obwohl sie später dazukamen. Wieder begab ich mich zur Information und fragte nach dem Grund. „Das sind alles Notfälle", gab man mir zur Auskunft. Um 10.10 Uhr, fünf Minuten vor meinem anderen Termin, fragte ich die Stramme, ob ich schnell in die Toxikologie rennen könne und nach der Impfung eventuell eine Chance hätte, aufgerufen zu werden. Da schnauzte mich die Emanze an in einem Ton, als hätte sie Stacheldraht gefressen. „Wenn wir Sie aufrufen und Sie sind nicht da, schreiben wir Ihren Namen zuhinterst auf die Liste, und dann haben wir wahrscheinlich geschlossen, bevor Sie an der Reihe sind." Hinter mir stand ein älterer Mann, er hatte sich alles mit angehört und wollte mich mit einem freundschaftlichen Klaps auf die Schulter aufmuntern: „Auch ich bin ohne Termin, ich bin jetzt schon das dritte Mal hier, wurde aber noch nie aufgerufen. Ich warte immer geduldig, doch jedes Mal um halb Zwölf muss ich gehen, weil Punkt 12.00 Uhr im Altersheim das Mittagessen serviert wird." Kurz bevor ich ging, um den anderen Termin nicht zu verpassen, geschah etwas, das mich sehr traurig, aber auch wütend machte. Ein arroganter, etwa 50jähriger Mann mit roter Jacke und Ohren wie Rhabarberblätter stand schon eine halbe Stunde im Wartesaal, ich dagegen erst seit 7.00 Uhr. Diese Fettschüssel schnauzte die Oberschwester an: Er hätte auch noch einen Beruf und er könne sich nicht erlauben, so lange wegzubleiben. Die Oberschwester, eine wirklich engagierte Emanze mit Haaren auf den Zähnen, schnauzte unbeeindruckt zurück. Bravo, freute ich mich, wo kämen wir hin, wenn sich alle so arrogant vordrängen würden? Eben, wie gesagt, ich wollte gerade gehen, da wurde sein Name von der Emanze aufgerufen: „So kommen Sie halt!"

In den Tagen danach musste ich immer an die Ratschläge meiner Bekannten denken. Sie rieten mir doch, ich soll mit meiner Familie eine Bleibe im Kanton Zürich suchen, weil da und sonst nirgendwo auf der Welt die ärztliche Betreuung einmalig sei. Was nützt mir das alles, wenn ich nicht bis zu den Ärzten vorstossen kann, wenn man eine Woche Urlaub beim Chef beantragen muss, um die Chance zu erhalten, in irgendeiner Poliklinik aufgerufen zu werden? Ich gelobe, dass alles, was hier geschrieben wurde, wahr ist. Weiter gelobe ich, dass es die reine Wahrheit ist, dass ich in jungen Jahren, als ich enorme Schwierigkeiten beim Gehen bekam, vom Hausarzt zur Meniskusoperation im Spital angemeldet wurde, aber noch heute keinen Termin bekommen habe. Es sind allerdings auch erst 16 Jahre seitdem vergangen, unterdessen kann ich aber wieder gehen und habe keinerlei Beschwerden.

Ich werde mich mit meiner Familie in Zürich niederlassen. Wissen Sie, warum? Klar doch, wegen der besten ärztlichen Betreuung, die es nirgendwo sonst auf der Welt gibt.

Ich arbeite wieder im Ausland, in Nordafrika, bei den Wilden. Ich habe ein dunkelrotes Ekzem vom Fuss bis zum Po, begleitet mit einer saumässigen Müdigkeit und Schwindelanfällen. Meine Leber, das weiss ich jetzt genau, war entweder gesund oder kaputt. Weiter habe ich seit 16 Jahren eine kaputte Meniskusscheibe, die unbedingt hätte operiert werden müssen, die sich aber wie ein Wunder selbst heilte. Wie gut, dass meine Familie jetzt nicht hier bei den Wilden ist im fernen, fremden Land. Unterdessen ist meine Frau bis zu den Ärzten vorgestossen und hat eine gesunde Tochter geboren. Wie beruhigend ist es für mich nun zu wissen, dass meine Lieben in einem Land und einem Kanton leben, wo die ärztliche Betreuung einmalig ist auf dieser Welt. Meine Frau und unser Kind sind gut aufgehoben, ihnen kann nichts passieren.

MATTERHORN

Ha viles gseh uf däre Ärde,
a mänge Orte bin i gsi,
wiit furt i fremde Städte,
i känne d' Wält ä chli.

Immer bin i däm Bild begägnet,
äm Wahrzeiche vo de Schwiiz,
däm stolze, wiisse, schöne, hoche,
im Wallis obe liits.

Mich hät mer mängisch gfraget:
,,Chumm, verzell emal ä chli,
häsch es au scho gwaget
und bisch ganz z' oberscht gsi?''

Han all' enttosche, 's isch e Schand,
scho so wiit greist, o jemine,
doch 's Schönschte vo mim Heimetland,
das han i nanig gseh.

Woni einisch hei bi cho,
nach allne däne Jahre,
han i d' Frau am Ärmel gno
und bin is Wallis gfahre.

Äntli lueg, da staat er ja,
dä wiissi, spitzi Dorn,
han gschtunet und mi Freud dra gha,
am schöne Matterhorn.

WIENACHTSABIG

„Mueter, Mueter, chum go luege 's schneit,
potz tusig, wie das abegheit.
Lueg det die wysse Dächer, d' Wise und de Haag,
mer händ glych no en schöne, wysse Wienachtstag.
Jetz möcht i vom Bäumli d' Cherzewärmi haa."
Doch d'Mueter säit: „Ersch wänn's dunkel isch, zündt me
Cherzli aa."

„Lueg det äne dä helli Schy,
chönnt das öppe 's Chrischtchind si?"
„Was gsehsch dänn au, bisch gar am Ändi chrank,
das isch doch d' Strasselampe vorn' am Rank.
Blyb nöd so verbärmli vor em Bäumli staa,
ersch wänn's dunkel isch, zündt me Cherzli aa."

„Mueter, im Cherzeliecht gsehsch uus grad wiene Fee
und d' Auge straalet der, wirsch gseh,
so vil, vil schöner ischs im Cherzeschy,
Mueter muesch doch nöd so störrisch si."
„Ich weiss, was d'wotsch, gseh ders a de Auge aa,
ersch wänn's dunkel isch, zündt me Cherzli aa."

„Mich juckt's am ganze Lyb, vergitzle fascht,
ha kei Rue meh und kei Rascht,
cha chuum meh sitze oder staa,
chumm Mueter, mer zündet Cherzli aa."
„Also guet, dämit du äntli ruhig bisch,
gang zien d' Vorhäng, dass es früener dunkel isch."

ZILLERTAL

Zwischen steilen Bergeshöh'n
liegt ein Tal so schön,
verschlafen, sanft und weich,
ein saftig, grünes Alpenreich.

Am Wildbach verbracht' ich unsagbare,
wunderschöne Urlaubstage,
bekam Sonne in Hülle und Fülle,
in idyllischer Stille.

Da fand ich die Ruh'
und Erholung dazu,
Frieden und Glück,
und die Kraft kam zurück.

Für mich ist es klar,
auch im nächsten Jahr
fahr' ich bestimmt wieder einmal
ins traumhaft schöne Zillertal.

MAG SEIN

Mag sein, dass ich manchmal spinne,
mich an gewisse Daten nicht erinn're,
die dir wichtig, ungemein,
mag schon sein.

Mag sein, dass ich dich schon mal verletzte,
mit meiner Wut in Angst versetzte,
dass du wünschtest, wärst allein,
mag schon sein.

Mag sein, dass ich auch schon hab' gelogen,
Dinge in den Dreck gezogen,
lieblos war und hundsgemein,
mag schon sein.

Mag sein, dass andre viel mehr Blumen schenken
und mehr an ihre Frauen denken,
solche mit dem Heil'genschein,
mag schon sein.

Mag sein, dass all' dies in mir fehlt,
was zu einem guten Mann dazugehört,
doch eines weisst du hoffentlich,
egal, was kommt, ich liebe dich.

FLUGSICHERHEITSPOLIZEI

Es war eine grausame Hitze. Der Strich auf der Quecksilber-
tafel zeigte eine Temperatur von 45 Grad an. Zudem war
es so trocken, dass man ständig an Bier dachte. Ich sass mit
einem Arbeitskollegen in der Abflughalle in Amman. Wir
hatten hier in Jordanien gearbeitet und warteten auf die
Swissairmaschine Kuwait – Amman – Genf – Zürich. Vor
unseren Augen stand ein hitziger Streit kurz vor der Versöhnung. Eine nicht unbedingt engelhaft aussehende Frau
wollte auf jeden Fall ihre Harfe ins Flugzeug mitnehmen.
Die Verantwortlichen lehnten dies aber entschieden ab und
gaben ihr zu verstehen, dass sie die Harfe bestimmt nicht
brauchen werde, denn das Flugzeug fliege nicht so hoch
hinauf. Ich war erleichtert, denn zuvor hörte ich eine kleine
Kostprobe ihres Könnens in der Abflughalle. „Ihr Missklang
zieht höchstens Zombies an", dachte ich. Sie spielte ein
klassisches Geräusch vom Komponisten Schiller, oder war
es Goethe? Was weiss ich. Wenn man aber etwas von Musik versteht und nicht völlig amusisch ist, konnte man trotz
misslungener Töne erkennen, dass es sich um den Enten-
teich handeln könnte. Oder heisst es Schwanensee? Egal,
jedenfalls war es eine Schande, solch schöne Noten so zu
verschandeln. Die wenigen Fluggäste in der Halle, die dieser
Swissairmaschine zusteigen wollten, waren ausnahmslos sa-
lopp gekleidet, mit Kurzarmhemden oder Shirts. Nur mein
Kumpel und ich trugen eine Weste, wir waren diese Hitze
gewohnt, zudem wussten wir, dass uns in der Schweiz ein
kälteres Klima erwartet. Als wir nach dem langen Marsch
über das Flugfeld und dem anschliessenden Treppensteigen
endlich unter der Türe der DC10 standen, wurden wir von

den Stewardessen so freundlich begrüsst, als wären wir ihre Arbeitskameraden. „Die verwechseln mich mit Alain Delon und dich mit Charlie Chaplin", scherzte ich mit meinem Begleiter. Wir bekamen tolle Plätze zugewiesen und sofort wurde uns ein kühler, alkoholfreier Drink serviert. Die Hostessen kümmerten sich exzellent um uns, was wir auch sehr genossen. Man wird ja nicht täglich von so vielen Frauenhänden verwöhnt. Ungefähr über Zypern hörte aber dieses Verwöhnen abrupt auf. Beim Zwischenstopp in Genf fragte ich eine dieser Stewardessen nach dem Grund. Lachend erzählte sie mir darauf folgende Geschichte. „In Amman sollten zwei Flugsicherheitspolizisten zusteigen. Bei dieser Hitze tragen nur solche Polizeibeamten eine Weste, um das Schulterhalfter mit der Pistole zu verstecken. Also glaubten wir, ihr seid unsere Beschützer, da ihr die einzigen wart, die Westen trugen. Als der eine von euch aber über Zypern schon das zehnte Bier getrunken hatte und kurz vor dem Pupillenstillstand war und der andere auf den freien Plätzen knackte, erkannten wir den Irrtum. Die Schweizer Flugsicherheitsbeamten sind zuverlässig, willensstark und während des Dienstes ohne Laster." Die Sicherheitsbeamten sassen hinter uns, ohne Schulterhalfter, die „Knarre" trugen sie einfach lose in den Hosentaschen. Ihre Tarnung war so perfekt, dass sie selbst geschulte Augen vom Swissairpersonal täuschen konnten. Chapeau! Nur wurden sie dadurch nicht so exzellent bedient wie wir Glückskinder. Aber eine Lobeshymne haben die Beamten allemal verdient. Mit oder ohne Harfenbegleitung.

GEDANKEN

Ich lief mit geschlossenen Augen durch das Leben. Irrte jahrelang im Dunkeln und sah nichts. Nun habe ich das Licht entdeckt, kann aber immer noch nichts sehen, weil die Sonne mich blendet, der ich entgegenrenne, um immer mehr Licht zu erhaschen.

Sieger sind nicht immer jene, die gegen andere gewinnen.

Heute war ich Zeuge schamloser Verlogenheit, Willkür, Ungerechtigkeit, Grössenwahn und Unglaubwürdigkeit. Ich war Zeuge vor Gericht.

Es gibt immer mehr Leute, die zu faul sind zu denken. Dadurch haben es die Politiker leichter, ihre Meinung durchzubringen.

Klug sind jene, die Gesetze schreiben. Klüger sind jene, die sie umgehen.

Man hat mich schon das dümmste Kind der Welt genannt, nur eine Medaille für diesen Weltmeistertitel habe ich nie bekommen.

APFELKERNE

In einem Dorf in der Türkei
stieg ich einem Fuhrwerk bei,
ich wollt' vom Lande in die Stadt,
eine Messe fand dort statt.

Auf dem Fuhrwerk sprach mich dann
ein Vater und sein Junge an:
„Ein gesunder Geist sei gut zum Lernen,
dies erreicht man rasch mit Apfelkernen."

Und überzeugend äusserten sie weiter:
„Mit diesen Kernen wird man g'scheiter,
ein wenig Geld sei ihr Begehr,
sie gäben dann die Kerne her."

Ich nahm das Geld aus meinem Kittel
und schluckte dieses Wundermittel
und meinte: „Dass man mit so viel Geld
ein Kilo Äpfel ja erhält.

Dann hätt' ich nach dem Apfelessen,
vielmehr Kerne ja besessen."
Da sagten lachend die zwei Türken:
„Jetzt fangen sie schon an zu wirken."

PARTNER

In einer Statistik stand geschrieben:
Jede fünfte Ehe wird geschieden.
Auch ich kenn' bald kein Paar,
das nicht schon beim Richter war.

Man kotzt sich an, man hat sich satt,
bereut, was man begonnen hat.
Der Traum ist ausgeträumt, das Herz ist leer,
zusammenleben geht nicht mehr.

Nun jagt jeder ganz allein,
dem Geld und Wohlstand hinterdrein.
Jedoch schon bald, nach kurzer Zeit,
quält einen dann die Einsamkeit.

Plötzlich kommt man zur Besinnung
und bereut die schnelle Trennung.
Soviel schöner wär' es doch,
man hätt' den alten Partner noch.

Nun sucht man krampfhaft einen Neuen,
einen Lieben, Netten, Schönen, Treuen
und stürzt sich dann mit voller Kraft,
in die neue Partnerschaft.

Nach kurzer Zeit steht man brutal,
am gleichen Punkt wie dazumal.
Schleichend kehrt ins zweite Glück,
der monotone Trott zurück.

Vergleichst du nun, was dir nicht passt,
mit dem, was du verlassen hast,
so wird dir dann auf einmal klar,
dass der Erste doch der Beste war.

FALSCHE FREUNDE

Als ich bei euch gesessen,
bei Wurst und rotem Wein,
hab' ich das Gefühl besessen,
im Freundeskreis zu sein.

Habt mich belogen, dass mir graute,
ich war derart empört,
ihr habt das Aufgebaute
so unachtsam zerstört.

Ihr wolltet mich nicht haben
in eurem trauten Kreis,
habt meine Gruft gegraben,
erhaben und mit Fleiss.

Dann habt ihr mich erschlagen,
mit Gemeinheit, Spott und List.
Ich hab' es still ertragen,
weil niemand gern alleine ist.

Nun habt ihr mich vergessen,
mit Erde zugedeckt,
Brot und Wurst allein gegessen
und ohne mich den Wein geleckt.

Der Abel hat den Kampf verloren,
hört ihr nicht sein lautes Schrei'n?
Ihr presst die Hände an die Ohren,
genau wie einst der Kain.

EINGEPFLANZT

Das Grab vom eben verstorbenen Opa war gerade fertig zugeschüttet und lag in einem Feld unzähliger Gräber. Die Familie und die engsten Angehörigen standen noch im Halbkreis um die letzte Ruhestätte. Die kleine Tamara drückte sich eng an ihre Mutter und schaute zu den vielen Gräbern, auf denen die herrlichsten Blumen blühten. „Mutti, wo sind wir hier?" fragte die kleine Wissbegierige. Die von Trauer gezeichnete Mutter gab ihr zu verstehen, dass alle alten Menschen einmal in so einer Grabstätte eingebettet würden. „Wenn die alten Menschen dann unter der Erde sind, fangen sie an zu blühen, wie wenn man Kerne in die Erde steckt?" wollte sie wissen. „Unter jedem Erdhügel hier, wo Blumen blühen, liegt ein alter Mensch?" fragte die Kleine ungläubig weiter. Man sah an ihrer Mimik, dass ihr untrainiertes Hirn überfordert war und dass sie über all das Erlebte nachdachte.

Seit diesem Erlebnis fragt die kleine Tamara, wenn sie alten Leuten begegnet, stets treuherzig: „Gell Mutti, die werden auch bald eingepflanzt?"

Ich habe oft über die Worte von Tamara nachgedacht. Es ist doch wesentlich schöner, wenn die Zeit abgelaufen ist, eingepflanzt zu werden, um als Blume zu blühen, als verscharrt zu werden und zu Nichts zu verwelken. Danke Tamara. Danke für deine lieblichen Gedanken. Beobachtung ist eben doch die beste Form des Denkens.

ETWAS FEHLTE

(Für Ingrid und Toni)

Wir fanden zusammen, ein göttliches Los,
doch im Herz glühte es nicht, es flackerte bloss,
auch nach dem Standesamt, im vorigen Jahr,
wurd' es nicht besser, leider ist's wahr.

Woran es lag? Wir wussten es nicht.
Man erinnerte uns dann an die christliche Pflicht:
Legt alles im Leben, von Anfang bis Ende,
was gedeihen soll, in göttliche Hände.

Wir gehorchten dem Rat, dem himmlischen Ruf
und suchten die Hand, die uns erschuf.
Wir eilten zur Kirche, als reuiges Paar
und schworen uns Treue vor dem Altar.

Wir sprachen vor Gott ein ehrliches Ja
und siehe, das Glühen im Herz war da.
Wir sind dem heiligen Feuer begegnet,
nun ist es vollbracht, wir sind göttlich gesegnet.

WAS MEINST DU?

Ich sitze da im schummrigen Licht
und lese einen aktuellen Zeitungsbericht
über all die globalen Sorgen
mit dem Titel: „Denkt an Morgen."

Im Bericht ist dann zu lesen:
„Die guten Zeiten sind gewesen,
eine Welle roher Gewalt
macht auch vor der Schweiz nicht Halt.

Die Luftverschmutzung sei schon da.
Der dritte Weltkrieg auch schon nah.
Das Wasser rettungslos verseucht."
Wir werden langsam aufgescheucht.

„Der Boden sei nicht mehr intakt.
Die Bäume stehen kahl und nackt.
Das Fleisch der Tiere ist gespritzt.
Die Ozonschicht längstens aufgeschlitzt.

Krebs und Aids und andere Sachen,
werden uns zu schaffen machen."
Dieser Bericht macht mich betroffen,
nichts lässt mehr auf Bess'rung hoffen.

Ich habe Angst, ich steh' dazu,
möchte leben hier in Ruh'.
Ich frage mich: „Muss das so sein?
Ist es zu spät? Fällt uns was ein?

Kommt, lasst uns doch vernünftig leben,
zusammen steh'n, das Letzte geben.
Jeder trägt das Seine zu,
dann wird's besser. Was meinst Du?"

ALTERNATIVE ERZIEHUNG

Es war ein strahlender Sommertag, wie er immer in den Jahreskalendern im Juli und August dargestellt wird. Meine Frau und ich wollten mit der Familie meines Bruders durch die Botanik wandern und Würste braten. Mein Bruder hat zwei Kinder und beide sind sehr, sehr gesund und ebenso quicklebendig. Während der Wanderung am Katzensee entlang fand der Jüngere einen Stein, mit dem sich leicht eine Schildkröte basteln liesse. Er trug den schweren Stein auf der Wanderung stets mit sich, um ihn sicher nach Hause zu bringen, weil ja daraus eine Schildkröte entstehen sollte. Auf diesem Spaziergang begleiteten uns die Schwiegereltern meines Bruders, also die Grosseltern der beiden Rangen. Während des Wurstbratens muss der Jüngere, der mit dem Krötestein, das Bedürfnis verspürt haben, Aggressionen abzubauen. Ohne Grund und ohne Vorwarnung schlug der Bengel den Stein arglistig auf den Kopf des Wurst bratenden Grossvaters. Dieses Attentat gelang deshalb besonders gut, weil der Kopf des Grossvaters in sitzender Stellung ungefähr die Idealhöhe hatte für den hinter ihm stehenden Täter. Die auf Hochglanz polierte Glatze des Älteren reflektierte in der Sonne wie ein geschliffener Diamant. Dieses Naturwunder muss den Flegel zu dieser Untat verführt haben. Verständlicherweise zuckte daraufhin der Opa verwundert zusammen, denn dieses Schlagen machte ihn auf irgendeine Art stutzig. Als das Schlagen nicht mehr enden wollte und eine Hirnerschütterung drohte, wurde der Grossvater aktiv. Er riss dem kleinen Bösewicht den Schildkrötestein aus der Hand und schleuderte ihn in den Wald hinein. Jetzt hatte er nicht nur Ruhe vor dem aggressiven Jüngling, sondern konnte wieder daran glauben, irgendwann einmal seine Pension geniessen zu können. Weinend lief daraufhin der Schläger zu seinem Vater, der wiederum mein Bruder ist, und beschwerte sich über seinen mimosenhaften Grossvater, der seinen über alles geliebten Stein fortwarf. Energisch protestierte mein Bruder bei seinem Schwiegervater, nannte ihn Rohling und Rabengrossvater. Als dieser jedoch sein schmerzliches Erlebnis kundtat und darauf hinwies, dass sein Kopf auf gar keinen Fall ein Ambos für einen umweltgeschädigten, schlecht erzogenen Lausebengel sei, meinte mein alternativ erziehender Bruder trocken: „Ja, schon gut! Das sind Lappalien, aber jetzt gehst du, suchst den Stein und bringst ihn wieder her!" Ich traute meinen Augen nicht, als daraufhin der Grossvater aufbrach, um den Stein zu suchen. Er fand ihn und brachte ihn motzend zurück.

Heute noch erinnert diese Schildkröte in der Wohnung meines Bruders an diesen wunderschönen Sommertag, wie er immer in den Jahreskalendern im Juli und August dargestellt wird.

DAS SPIEL

Wir spielten mit dem Feuer,
als uns der Teufel ritt,
nun bezahlen wir es teuer,
du bist in mich verliebt.

Dein Zustand, der beweist,
ich gab dir viel zu viel,
ich glaubte stets, du weisst,
es wäre nur ein Spiel.

Kann den Weg nicht gehen,
der durch dein Leben führt,
ich hoff', du wirst verstehen,
du hast es auch gespürt.

Das Spiel ist aus, es zieht mich fort,
unsere Tage sind gezählt,
einer andern gab ich jüngst mein Wort,
hab' also schon gewählt.

Mit dieser andern will ich leben,
mit ihr hab' ich ein Kind,
es wär' gemein, ihr nun die Schuld zu geben,
dass unsere Tage fertig sind.

Ich werde bei ihr bleiben,
habe kein' Grund zur Klag',
werd' stolz den Ring auch zeigen,
den ich am Finger trag'.

BHÜET DI GOTT

Ich ha scho oft uf so Geburtstagschärtli
die schönschte Sprüchli gseh,
me muess überhaupt nüüt meh studiere,
nu eifach 's Chärtli gäh.

Doch die fremde, chalte Wünsch,
ich weiss, wien ich's empfind,
sind doch so oft enttüschend,
au wänn sie goldig gschribe sind.

Ich bin nöd für gschwullni Rede,
für hüchlerischi Wort,
doch für e paar liebi Ziile,
zur rächte Zyt, am rächte Ort.

Ganz bsunders i de Färni,
bi däne Zueständ, däne ruche,
ohni Fründin, ohni Wärmi,
cha mers, glaub i, dopplet bruche.

Ich weiss, mir händ da une
so schurig vil Problem,
im Alltagsläbe mit de Araber
und däne Fähler im Syschtem.

Dänk dra, sind all's blos Mänsche,
wirf d' Flinte nöd is Chorn,
tue über alles namal schlafe,
nach jedem Pächtag gits es Moorn.

Zu dim Geburtstag alles Gueti,
heb' dr Sorg und nimm 's nöd z' schwär,
es wär ja au keis Läbe,
wenn's all Tag immer Sunntig wär.

Doch 's Wichtigschte vo allem,
was ich dir wünsche wott,
mit de Gsundheit, da vor allem,
es herzlichs „Bhüet di Gott."

GARTEN EDDA

Heute betrat ich die Idylle
hinter deinem Haus,
diese Ruh' und Stille
strahlt Freud und Friede aus.

Ich ging auf leisen Sohlen
durch dein kleines Paradies,
wo Tiere sich erholen,
im Teich, im Schilf und Wies'.

Die Vögel sangen ihre Weise
und Frösche konnt' ich hören,
dann kehrt' ich still und leise,
ich wollte sie nicht stören.

Deine Arbeit kröne ich mit Lob,
es ist mehr als nur ein Garten,
ein wunderschönes Biotop,
mit Pflanzen aller Arten.

ARABISCHE GESETZE

Ich habe in vielen Ländern gearbeitet, in denen Prophet Mohammed der Boss ist und vielfach riskierte ich eine schwere Hirnerschütterung vom ständigen Kopfschütteln, weil ich so manches nicht verstand. Bösartige Kollegen behaupteten zwar: eine Hirnerschütterung brauche ich nicht zu befürchten, wo nichts ist, kann sich auch nichts erschüttern. Ich habe diese Behauptung nie fachärztlich untersuchen lassen. Item. Im Irak werden auf allen Baustellen mit ausländischer Beteiligung Plakate verteilt, auf denen die Rechte der Ausländer aufgelistet sind. Sie hängen übrigens auch bei allen Polizeidienststellen. Auf diesen Plakaten sind einige Untaten aufgezählt und wie streng diese bestraft werden. Auf diesem Aushang sind drei Kolonnen ersichtlich, oben an der ersten Kolonne steht: Betrifft irakische Bürger. Die zweite Kolonne ist für moslemische Ausländer und die dritte ist letztlich für Andersgläubige. Bei Alkohol am Steuer wird ein Iraker mit einer Geldbusse bestraft, ein moslemischer Ausländer mit leichter Haft und jemand mit einer anderen Religion mit Kerker und anschliessendem Landesverweis. Bei schwereren Vergehen wird der Unterschied immer grösser. Ist ein Ausländer in einen Verkehrsunfall verwickelt, ist immer der Fremde schuldig, denn wäre er nicht hier, hätte es den Unfall auch nicht gegeben. Logisch, nicht?
Unlängst erlebte ich wieder einmal so eine seltsame Gesetzepisode. Ich stand im Flughafen in einem arabischen Land in der Kolonne und wollte einreisen. Viele, die sich beruflich für längere Zeit in einem anderen Land aufhalten, führen einen Weltempfänger oder ein Kombigerät ein, um zwischendurch heimische Nachrichten zu erhaschen und

vertraute Musik zu hören. Vor mir in der Kolonne standen Schweden, Deutsche und Franzosen, die meisten trugen so ein Gerät sichtbar bei sich. Am Zoll liess man sie passieren, nur mich nicht. Bei mir war fertig lustig, es waren wahrscheinlich bereits soundso viele eingereist und eine Kontrolle war angebracht. Vielleicht blieb ich am Zufallsgenerator hängen, oder der Wurfpfeil vom Zöllner blieb auf der Tafel im roten Feld hängen. Wer weiss das schon? „Es darf ohne Taxe kein Radio eingeführt werden", gab der Schlaumeier höhnisch zu verstehen. Meine berechtigte Empörung „Jetzt sind doch so viele mit Rundfunkgeräten eingereist, ohne Taxe zu bezahlen", unterbrach er mit einem schulmeisterlichen „No comment!" Was ich vielleicht noch unbedingt erwähnen sollte, der Zöllner war mir nicht sonderlich sympathisch. Ehrlich gesagt, ich erwarte nicht, dass bei meinem Eintreffen die Nationalhymne gespielt wird, doch ein kleiner Hauch Menschlichkeit wäre doch nicht zuviel verlangt. Im Zollbüro erfuhr ich dann die Höhe dieser Taxe und bekam Bewusstseinsstörungen. Nach einer mathematischen Glanzleistung hielt man mir das Digitale vom Rechner unter die Nase und dieses blinkte einen Wechselbetrag von 1050 Schweizer Franken. Der Neuwert von diesem Juwel betrug 470 Franken. Ich war nicht gewillt, diese hohe Summe in die Gratifikationskasse der Zöllner zu legen. Um meine Wut abzubauen, wollte ich das Radio an eine Wand schleudern, kam aber nicht dazu, weil dieses bereits beschlagnahmt war. Was ich über jene Zöllner dachte, kann ich verschweigen, denn jeder, der ein bisschen Phantasie hat, kann sich das vorstellen. Auf jeden Fall dachte ich eine geraume Zeit in diesen Bahnen. Das Radio verschwand dann vorübergehend in einem Depot, wird aber in Kürze in einer

Zöllnerwohnung seine musikalischen Dienste erfüllen oder auf dem Schwarzmarkt für Bares angeboten. Nach diesem offiziellen Diebstahl durfte ich passieren und das Flugzeug für den anschliessenden Inlandflug wechseln. Die wartenden Sicherheitsbeamten am Gate kontrollierten mein Handgepäck und fanden ein echtes schweizerisches Militärmesser, natürlich wurde dieses kriegerische Utensil sofort beschlagnahmt. Meine Taschen wurden aber nicht untersucht und ich musste auch nicht durch einen Metalldetektor gehen. Ich könnte also einen Revolver, ein Stellmesser oder sogar eine Handgranate mitführen. Ein schweizerisches Militärmesser im Handgepäck ist aber zu gefährlich. Logisch, nicht? Ich werde wahrscheinlich wieder die drohende Hirnerschütterung vom vielen Kopfschütteln behandeln lassen müssen. Bevor ich das Flugzeug bestieg, beschwichtigte man mich: „Sie bekommen das Messer nach der Landung wieder zurück. Diese Vorsichtsmassregel diene der allgemeinen Sicherheit, auch der meinen." Unglaublich schöne Worte, nur mein Messer bekam ich trotz intensiver Bemühung nicht mehr zurück. Schweizer Militärmesser sind hier gefragt und werden häufig beschlagnahmt, liess ich mich von Europäern belehren. Diese dreisten Diebstähle dauern aber wahrscheinlich nur so lange, bis jeder Beamte und dessen Patenkind ein Radio und ein schweizerisches Militärmesser besitzt. Diese und andere lümmelhaften Schikanen lassen wir uns gefallen. Wir schweigen, wir müssen schweigen, denn das Öl haben die andern. Logisch, nicht?

Immer wieder werde ich in meinem Heimatland getadelt: „Du trägst ja selbst die Schuld, warum gehst du in diese Länder?" Es ist nicht nur Fernweh, Abenteuer und Geld, das mich fortzieht. Es muss Leute geben, die all die Maschinen, die in der Schweiz hergestellt werden und so viele Arbeitsplätze sichern, in anderen Ländern zusammenbauen. Zum Beispiel: Maschinen für die Herstellung von Penicillin und Antibiotikum, die in vielen Ländern dringend gebraucht werden, bauten wir zusammen. Wir bauten auch Spitäler und Operationstrakte in Entwicklungsländern. Wir waren in Erdbebengebieten im Einsatz, bauten Hochsteril- und Wasseraufbereitungsanlagen. Es gibt auch viele, die sind im Sozialbereich tätig, für Sanitäts- und Hilfsorganisationen unterwegs oder im Katastropheneinsatz. Es braucht immer solche, die an der Front arbeiten. Auch das sollte verstanden werden und logisch sein. Nicht?

MIS STÄRNLI

Du bisch ä chliises Stärnli,
das i mim Härze lyt
und wie nes hells Latärnli
i mis Läbe schynt.

TYPISCH DU

Musst du am Morgen früh hinaus
und als erste aus dem Haus,
gehst du leise, gönnst mir Ruh'.
Typisch du.

Hab' ich getan, was man nicht soll,
drückst du lieb und rücksichtsvoll
beide Augen zu.
Typisch du.

Steigt in mir ein Tief empor
und ich such' ein offnes Ohr,
hörst du mir geduldig zu.
Typisch du.

Hab' ich mich nicht in Gewalt,
finde einfach keinen Halt,
reichst du mir die Hand im Nu.
Typisch du.

Für all die Liebe und Geduld,
deine Wärme und, und, und…
die du schenkst mir immerzu.
Danke du.

BERGHÜTTE

Vom Schlechten und vom Bösen
wollt' ich auf Bielerhöh'
mich eine Zeitlang lösen
in der Hütte, ob' am See.

Ich verweilte hier und staunte
ob dieser heilen Welt,
von Gotteshand gebaute,
stille, himmlisch' Feld.

Oh, wie genoss ich diese Stille,
den Duft vom Kräutermeer.
Die farbige Idylle,
das kannte ich nicht mehr.

Nach langer Ruhe, abgeschieden,
wusste ich Bescheid:
Diesen absoluten Frieden
gibt's nur noch in der Ewigkeit.

DER GRABSTEIN

Deftig pfiff der Novemberwind eiskalt über das offene Feld und an der Friedhofsmauer entlang. Er spielte mit den letzten verdorrten Herbstblättern, die am Boden lagen und wirbelte sie verspielt durch die Luft. Der Nebel liess der Sonne keine Chance und schlich neugierig um alle Mauerecken. Von den nahen Trauerweiden trällerten die Raben ihren monotonen Trauergesang und die Bäume streckten dem kommenden Winter ihre kahlen Äste entgegen. Anita drückte sich fester an ihre Freundin Dora und zog frierend die Wollkappe tiefer ins Gesicht. „Komm Dora, ich zeige Dir den schönsten Grabstein, den ich je gesehen habe." „Blödsinn, was interessiert mich ein Grabstein. Dass Du Grabsteine schön finden kannst, verstehe ich nicht", maulte Dora. „Weisst Du, ich gehe viel in diesen Friedhof, um diesen Stein zu sehen. Ich nenne ihn meinen Grabstein. Ich schaue aber nur aus der Ferne, denn ich will und kann nicht in seine Nähe. Es ist unheimlich, vor diesem Stein zu stehen." „Was ist an einem Grabstein unheimlich?" fragte Dora verwundert. „Nicht nur der Stein, sondern die ganze Geschichte über diesen Stein ist unheimlich. Er gehört zum Familiengrab meines Onkels." „Wie sieht er denn aus, dieser Stein?" fragte Dora, inzwischen neugierig geworden. „Es sind vier Säulen, die in der Erde verschwinden. Die äusseren beiden sind dick und in der Mitte sind zwei dünne Säulen. Der Onkel hatte zwei Kinder und natürlich auch eine Frau. Auf der linken dicken Säule steht: Rahel 1951 – 1981, das war seine Frau. Unter dem Namen steht: So nimm denn meine Hände und führe mich. Auf der folgenden kleinen Säule steht: Marco 1973 – 1981 und der Spruch: Der Herr ist mein Hirte. Auf der anderen kleinen Säule steht: Ria 1975 – 1981 und darunter: Trennung ist unser Los, Wiedersehen unsere Hoffnung. Die letzte Säule, die zweite Dicke ist leer, sie ist für meinen Onkel reserviert. Er wird aber nie hier liegen, seit über vier Jahren ist er verschollen. Die vier Säulen tragen einen Granitblock, der zuoberst als Spitz endet, als würde er anklagend zum Himmel zeigen. Unterhalb vom Spitz, in einer Öffnung hängt eine echte Glocke. Eine Friedensglocke, wie der Pfarrer mir sagte. Sie soll bei der Auferstehung am Jüngsten Tag für ewigen Frieden, Vergebung und zur Wiedervereinigung läuten. Natürlich ist das alles symbolisch, die Glocke ist fest mit dem Stein verbunden, sie kann also gar nicht bimmeln." Dora hatte interessiert zugehört und voller Spannung bohrte sie: „Nun will ich die ganze Geschichte über diesen Stein kennen, bitte erzähle sie mir!" Anita steckte ihre Hände tiefer in die Taschen und verhuscht fing sie an zu erzählen: „Es begann alles vor sechs Jahren. Ich hatte die Maturitätsprüfung bestanden und stand kurz vor dem Studium. Zu diesem Ereignis lud mein Vater zu einer Familienparty. Es war eine tolle Sause, wir waren alle beschwipst und übermütig. Als mein Onkel, ein gutaussehender, grossgewachsener Mann, in den Garten ging, um frische Luft zu schnappen, schlich ich ihm nach. Er gefiel mir schon immer. Als wir beide im Dunkeln standen, hielt ich ihn fest und drückte mich voller Leidenschaft an ihn. Da nahm er mich ganz sanft in seine Arme und küsste mich so zärtlich, wie mich vorher noch niemand geküsst hat. Sonst aber geschah nichts, obwohl ich damals auch bis zum Letzten gegangen wäre. Nach dieser Liebelei liess ich ihm keine Ruhe, ich wollte mehr, aber er wies mich ab. Vielleicht aus Frust, weil ich nicht bekam, was ich wollte, prahlte ich bei meinen Eltern von dieser nächtlichen Küsserei. Dieses Geständnis ging wie ein Lauffeuer durch unsere konservative Verwandtschaft. Es gab einen fürchterlichen Familienskandal, alles wegen dieses einen Kusses. Obwohl ich heute glaube, dass der Kuss für meine Verwandten nur ein Vorwand war, um einen Krach auszulösen. Der Onkel war schon lange im Kreuzfeuer, weil er sich getraute, eine Ausländerin zu heiraten und so unseren Stammbaum beschmutzte. Er wurde daraufhin von der ganzen Verwandtschaft gemieden, ja sogar richtig schikaniert. Es war eine traurige Konspiration. Man brach die Beziehung zu ihm und seiner Familie ab. Meine Grosseltern, beide von der schwarzen Magie angetan, verwünschten ihn und prophezeiten ihm: Es käme Unglück und Schande über ihn und seine Familie. Sie würden nie mehr in Frieden leben können. Mein Onkel unternahm alles, um die Verwandtschaft zu versöhnen. Er bot allen mehrmals Friede an und bat auch darum. Doch die ganze Sippe lehnte jedes Mal entschieden und hartherzig ab, besonders meine Grosseltern. Ich vermute sogar, sie genossen diesen Streit. Bald darauf starben aber mein Opa und die Oma kurz nacheinander. Einige Wochen später fand ich einen Brief von meinem Onkel in unserem Briefkasten. Darin stand wirres Zeug, vieles, was ich nicht verstand. Es hörte sich an wie ein Abschiedsbrief. Im Brief lag Geld, viel Geld und er schrieb, dies sei für mein Studium. Es lag noch ein Plan bei von einem Friedhof mit einer Grabnummer und er bat, ich soll mich bitte mit dem örtlichen Pfarrer in Verbindung setzen. Am Brief klebte keine Postmarke, der Onkel muss ihn selber bei uns eingeworfen haben. Als meine Mutter den Brief las und das Geld sah, drehte sie durch und lief wütend zum Telefon, um ihn an-

zurufen. Aber es meldete sich nur eine weibliche Falsett-
stimme: Kein Anschluss unter dieser Nummer. Meine Eltern
und ich entschlossen uns, an seinen Wohnort zu fahren. An
der Hausglocke am schönen Einfamilienhaus stand aber ein
anderer Name. Ungläubig drückten wir die Glocke und er-
fuhren vom neuen Besitzer, dass mein Onkel alles verkauft
hat. Er sei irgendwohin ins Ausland abgereist. Meine Mutter
fragte noch misstrauisch: ‚Mit Frau und den Kindern?' ‚Nein
allein, grosses Unglück sei über die Familie gekommen. Seine
Frau und die beiden Kinder seien vorne an der Kreuzung
von einem Auto angefahren und tödlich verletzt worden.
Das ältere Paar im Auto habe Fahrerflucht begangen und
bis heute wurden sie nicht gefunden', erzählte der neue
Besitzer. Ich stiess damals einen Schrei aus, ich konnte einfach nicht glauben, das Rahel, Marco und Ria tot und bereits
beerdigt sind. Ich erinnerte mich, den Unfall in der Zeitung
gelesen zu haben. Es stand aber nur: ‚Mutter mit ihren zwei
Kindern tödlich verunglückt. Älteres Paar beging Fahrerflucht.' Niedergeschlagen fuhren wir nach Hause. Via Mel-
deamt wollte mein Vater am nächsten Tag den neuen
Wohnort meines Onkels erfahren. Doch leider hiess es:
‚Neuer Wohnsitz unbekannt.' Man vertröstete ihn, in drei
Monaten mehr zu wissen. Der Gesuchte müsse sich, wegen
der Meldepflicht, irgendwo in einem Konsulat melden, sonst
würde er sich strafbar machen. Seither sind mehr als vier
Jahre vergangen, er blieb verschollen. Niemand mehr hat
etwas von ihm gehört. Gar zu gern möchte ich wissen, wo
er ist und ihn um Verzeihung bitten. Vor ungefähr zwei
Jahren meldete sich eine anonyme Frauenstimme am Telefon und erzählte: ‚Der Onkel sei in einem zentralafrikanischen
Land an Malaria gestorben und dort auch beerdigt.' Ich er-

innerte mich dann wieder an seinen Abschiedsbrief und suchte den Pfarrer auf. Ich zeigte ihm den Brief mit der Grabnummer. Er war überhaupt nicht verwundert und vertraute mir an, dass er auf mich gewartet hätte. Mein Onkel sei vor seiner Abreise bei ihm gewesen und hätte ihn gebeten, er möge mit mir zusammen eine gesegnete Kerze auf das Familiengrab und auf das Grab meiner Grosseltern stellen. Es soll eine weisse Kerze sein und als Friedenskerze brennen. Er wolle, dass seine Frau und die Kinder in Ruhe und Frieden schlafen können. Mein Onkel hätte ihm auch versichert, dass ich mich bei ihm melden würde. Der Pfarrer nahm meine Hand und führte mich in die Friedhofskapelle. Dort segnete er die Kerze, verschloss beim Verlassen der Kapelle wieder hinter uns die Türe und ging mit mir zum Grab meiner Grosseltern mit der satanischen Grabnummer 666. Es liegt in der Nähe vom Familiengrab meines Onkels. In der Graberde steckte ein grosses Kreuz mit den emaillierten Fotos meiner Grosseltern drauf. Allerdings steht das Grabkreuz verkehrt in der Erde, der obere Teil ist unten. Ich drückte die gesegnete Friedenskerze in die Erde und wollte sie anzünden, es ging aber nicht. Die Kerze liess sich nicht anzünden, sie brannte nicht. Als der Pfarrer es versuchte, fiel plötzlich das Grabkreuz um, genau auf die Kerze und zertrümmerte sie. Wir erschraken und rannten so schnell wir laufen konnten weg. Es war unheimlich. Abseits sprachen wir uns Mut zu und schritten zögernd zum Familiengrab. Als ich dort die gesegnete Kerze in den Boden steckte und anzündete, fing der Stein mit den Säulen heftig an zu zittern. Die Friedensglocke begann wie wild zu läuten. Aus der verschlossenen Friedhofskapelle drang laute Orgelmusik. Irgend jemand spielte das Ave Maria von Johann

Sebastian Bach. In Panik rannten wir beide wieder wie wilde Pferde auf und davon. Irgendwann hatten wir uns vom Schock erholt und dachten, es sei eine Schimäre. Der Pfarrer beschloss, zum Grab zurückzukehren und bat mich mitzukommen. Er meinte: Der Himmel mit ihren fliegenden Einwohnern, stehe uns bei. Widerwillig und schlotternd gab ich nach, warum wusste ich nicht. Vorsichtig schlichen wir zur Kapelle, sie war verschlossen. Die Glocke im Stein war unbeweglich wie zuvor, doch die gesegnete Kerze war weg. Die beiden emaillierten Fotos meiner Grosseltern lagen auf dem Familiengrab und guckten uns an. Mich überfiel ein Schweissausbruch. Ich flehte den Pfarrer an, mit mir den geisterhaften Ort schnell zu verlassen. Nie wieder werde ich diesen Tag vergessen. Nachts habe ich vielfach Alpträume und wache schweissgebadet auf. Ich sehe den zitternden Stein, das fallende Kreuz, höre die Glocke läuten und die Orgel spielen. Das Ave Maria von Johann Sebastian Bach. Nie wieder werde ich zu diesen beiden Gräbern gehen. Es gibt Tage, da bin ich sehr tapfer und mutig, dann gehe ich zum Friedhof und schaue von weitem auf die Gräber." Dora hielt ihr ein Taschentuch hin, denn die Tränen tropften unaufhörlich über ihre Wangen und sie zitterte am ganzen Leib. Dann schmiegte sie sich fest an ihre zitternde Freundin und sprach ganz leise: „Komm, Anita, es wird kalt und dunkel, wir gehen ein Stück weiter, ich möchte den Grabstein sehen." „Nein, bitte nicht!" Fast schreiend kamen die drei Worte aus ihrem Mund. „Bitte, gehe allein, siehst Du den grossen Stein dort, das ist er." „Ich komme gleich wieder zurück, ich habe keine Angst, warte hier auf dieser Bank auf mich", verabschiedete sich Dora. „Zünde die Kerze an, der Pfarrer versprach mir, immer eine neue hinzustellen, wenn die alte abgebrannt ist", rief Anita ihrer Freundin hinterher. Sie schaute Dora nach, und ein eiskalter Schauer kribbelte ihren Rücken hinunter. Schon nach kurzer Zeit stand Dora keuchend und aufgeregt wieder vor ihr und erzählte: „Du willst wissen, wo dein Onkel ist? Unter der vierten Säule liegt er. Darauf steht: Andreas 1945 – 1986 und darunter: Ave Maria." Während sie erzählte und Anita von weitem auf das Grab schaute, fing plötzlich die Glocke wild an zu läuten und aus der Kapelle drang Orgelmusik. Irgend jemand spielte: Ave Maria von Johann Sebastian Bach. Eiskalt pfiff der Novemberwind durch den ungeschützten Friedhof. Es dunkelte bereits und der Nebel und das Dunkle gewannen endgültig gegen die fliehende Sonne. Aus den kahlen Bäumen krähten die Raben den zwei Gestalten nach, die schnell hinter dem Nebelvorhang verschwanden. Es war geisterhaft und beinahe unheimlich.

DER TRAUM

Mein Vater kam vom Himmel,
drei Kerzen bracht' er mir,
ich soll' sie sparsam brauchen,
wenn ich im Dunkeln irr.

Verzweifle ich im Finstern
und find' die Wege nicht,
so spenden mir die Kerzen
ein helles, warmes Licht.

Auch wenn ich einmal friere,
mein Herz ist kalt wie Eis,
so wärmen es die Flammen
und mir wird wieder heiss.

Sind die Kerzen dann erloschen,
verbraucht und abgebrannt,
kehrt er zurück zur Erde
und holt mich an der Hand.

GEDANKEN

Für mich war Blindheit immer die schrecklichste Behinderung, die es gibt. Gross war mein Mitempfinden, wenn ich blinden Menschen begegnete. Ich merkte erst im Alter, dass ich die meiste Zeit blind durch das Leben lief.

Dankbarkeit erlernt man bei einem Besuch in der Schwerkrankenabteilung eines Spitals.

Alkohol am Steuer ist besser als Alkohol im Blut.

Nicht die medizinische Betreuung eines Kranken ist am wichtigsten. Ein Besuch kann viel mehr bewirken.

Sie leben seriös, haben einen gesunden Körper und man nennt sie Asse, die Hochleistungssportler. Gestern haben sie wieder ein junges As beerdigt.

Monotonie ist der Januar einer Ehe.

Nichts im Leben hat uns so nahe zusammengebracht wie der Wille, ein Kind zu zeugen.

Ich habe dich geliebt, bis ich merkte, dass ich dich auch brauche. Da war es aber schon zu spät.

DIE PARKBANK

Weisst Du noch die grüne Bank
bei der Linde dort am Rank,
wo ich mein Herz Dir anerbot?
Oder war die Parkbank rot?
Du warst für mich die Königin
und tief in meinem Herzen drin.
Im Mondlicht warst Du wunderschön,
ich glaub', ich hab' nur Dich geseh'n.
Die Parkbank ist doch der Beweis,
da ich die Farbe nicht mehr weiss.

WEGGANG

Eure Tränen auf den Wangen
geben wirklich keinen Sinn.
Ich bin doch nur dahin gegangen,
wo ich hergekommen bin.

URLAUB

Höhenluft in reicher Fülle,
Hirtenhütte, Alpenglüh'n,
Lagerfeuer, Abendstille,
wo die Enziane blüh'n.

Ein Sonnenbad in Spanien,
blaues Meer und heisser Sand.
Siesta unter den Kastanien
und ein Rotwein in der Hand.

Auf verschneiten Bergesspitzen,
mit dem Ski im steilen Hang.
Am Abend vor dem Feuer sitzen
mit Fondueplausch und Jodelsang.

Mit Segelboot und gutem Wind
eine Fahrt in die Unendlichkeit.
Wie schön doch die Gedanken sind
an die Urlaubszeit.

DER TEUFEL SOLL SIE HOLEN

Ein verhutzeltes Marktweibchen aus dem Ötztal hat mir vor Jahren erzählt, mit was für einer bösen Nachbarsfrau sie zusammenleben müsse. Eine listige Kreuzotter sei sie und so bös, dass sich selbst der Teufel vor ihr fürchte. Dieser müsse zweifelsohne ein Verwandter von ihr sein. Den ersten Ehemann hätte sie mit Pilzen vergiftet und der zweite habe Selbstmord einem weiteren Zusammenleben mit ihr vorgezogen. Ihr eigenes Kind hätte sie verkrüppelt und schlussendlich aus dem Haus gejagt. Alles und alle in ihrem Umkreis täte sie vermaledeien. Es sei auch nicht klar, woher sie das Geld zum Leben beziehe. Wahrscheinlich bekomme sie das Geld vom Teufel, ihrem Blutsverwandten, für die Boshaftigkeit. Ihre Fähigkeit zu hexen bekämen alle Nachbarsleute zu spüren. Die kräuterkundige und hellsichtige Hexe hätte schon bis zuhinterst ins Tal ihre Spielchen getrieben. Der Teufel soll sie holen. Traurig erzählte das Marktweibchen weiter, dass ihr Haus schon zweimal abgebrannt sei, weil es der Hexe ein bisschen Sonne weggenommen habe. Erst jetzt, wo sie so gebaut hat, dass das Neuheim ihr keine Sonne mehr nimmt, habe sie Ruhe. Sie wisse genau, sagte mir das Weibchen mit todsicherer Überzeugung, dass diese Frau ihre Strafe einmal bekommen wird. Dann nämlich, wenn ihr Verwandter, der Teufel, kommt und sie holt. Es sei gewiss, dass diese böse Nachbarin dereinst mit einem qualvollen, langen Todeskampf von dieser Welt gehen muss. Danach werde sie im Fegefeuer schmoren.

Jahre sind seit dieser Begegnung vergangen. Letzthin habe ich zufällig erfahren, dass jene Hexe gestorben ist. Friedlich eingeschlafen sei sie, sagte man mir. Ich musste an das Marktweibchen denken, wie sehr enttäuscht sie doch sein muss.

EIN NEUER TAG

Quälen Sorgen Dich im Leben,
wo der Teufel in Dir tanzt,
immer wird es Wege geben,
auf denen Du entfliehen kannst.

Das Böse wird Dich nicht besiegen,
es wäre doch gelacht,
lass Dich ja nicht unterkriegen,
schlafe in der Nacht.

Beginn mit Freude jeden Tag,
begrüss den neuen Morgen,
wenn man es kaum glauben mag,
auch Reiche haben Sorgen.

Wirf Dein Herz der Sonne zu,
die Wärme wird es küssen,
und lässt der Teufel keine Ruh,
zertret' ihn mit den Füssen.

Und wenn das Böse sich nicht wendet,
es ist kein Grund zur Klag',
egal, wie auch der Abend endet,
Morgen ist ein neuer Tag.

UHREN

Ich schau hinauf zur Kirchenuhr,
wieviel Zeit der Tag noch hat,
die Stunden schleichen steif und stur
rund um das Zifferblatt.

Der Tag verliert den Strahlenstrauss,
das Licht ist müd' und matt.
Der Abend löscht die Lampe aus,
es wird dunkel in der Stadt.

So ist es auch im Lebenslauf,
urplötzlich ist es spät,
niemand hält den Zeiger auf,
wenn er die Runden dreht.

Der Abend naht, die Müdigkeit
bläst an dem Lebenslicht
und unbarmherzig malt die Zeit,
uns Furchen ins Gesicht.

Dann bleibt die Uhr auf einmal still,
wir hören auf zu existieren
und keiner fragt: Ob man's so will,
wir müssen 's akzeptieren.

Ich schau zur Uhr am Kirchenplatz,
wieviel Zeit der Tag noch hat.
Die Lebensuhr, im Gegensatz,
sie hat kein Zifferblatt.

Doch der Zeiger umkreist verbissen,
unaufhaltsam seine Bahn
und lässt uns stets im ungewissen,
zeigt keine Restzeit an.

DIE VÖGEL

Es sassen muntere Vögel
auf einem grünen Baum,
dann zerstörte giftiger Regen
ihren Lebensraum.

Das Grüne ist verschwunden,
die Bäume kahl und leer,
nun sitzen sie da und frieren,
haben kein Federkleid mehr.

Sie haben aufgehört zu singen,
es herrscht absolute Ruh',
arg verseuchte Luft
schnürt ihre Kehle zu.

Es leiden nicht nur Vögel,
seht euch die Tierwelt an,
alle sind am Ende.
Was haben wir getan?

Wir schliessen unsere Augen,
lassen alles still gescheh'n,
so müssen wir den Kindern,
nicht in die Augen seh'n.

KNOTENTAG

Nun ist es wieder soweit, es ist Anfang November, kalt und Allerseelen. Die Lebenden strömen in Scharen zu den Toten. Vor den Gräbern riecht es nach billigem Parfüm und an den Familiengräbern kitzeln teure Opium- und Bulgaridüfte die Nase. Es ist das Fest zum Gedächtnis der Verstorbenen. Man sieht die Leute mit Kerze und Heidekraut eilig im Friedhof verschwinden. Viele irren zwischen den Gräbern umher und suchen nach der Ruhestätte ihrer Lieben. Man kommt ja nur ein Mal im Jahr hierher, eben an Allerseelen. Da kann man nicht einmal von einem Orientierungsläufer verlangen, dass er das Gesuchte ohne Kompass auf Anhieb findet. Dieser Tag wurde extra im Kalender rot markiert, damit wir die lieben Toten nicht vergessen. Es gibt noch mehr solche Tage im Jahr, die wir nutzen sollten, unser Gewissen zu beruhigen. Valentinstag, Muttertag, Karfreitag, Ostertag, Auffahrtstag, Pfingsttag oder Weihnachtstag. Immer soll uns ein bestimmter Tag an etwas erinnern, wie ein Knoten im Taschentuch. Es sind Knotentage. Der heutige Knotentag Allerseelen ist nicht bei allen beliebt. Unüberlegt wurde dieser Tag in die kalte Jahreszeit gesetzt. Wäre er im Sommer, würde man vielleicht eher zum Friedhof marschieren. Zudem hat es an diesem Tag zu viele Leute an den Gräbern. Die Wahrscheinlichkeit wäre gross, dass man Verwandte oder Bekannte trifft, denen man lieber aus dem Weg geht. So denken viele. Einige nehmen an der Feier nicht teil, weil sie sich schämen, eventuell vor dem kahlen Grab gesehen zu werden. Es ist doch nicht unbedingt ihre Schuld, dass das Grab verlottert ist. Man hat im Alltagsstress einfach vergessen, die Grabpflege zu bezahlen, leider. Dies ist doch keine

Schande. Aber die Friedhofsgärtnereien sind in solchen Sachen, unbegreiflicherweise, stur und stellen die Bepflanzungen sofort ein. Es wäre sowieso angebracht, die Pflege mit Steuergeldern zu berappen, schliesslich liegen unter der Bepflanzung alles ehemalige Steuerzahler. So sündhaft teure Forderungen sollten nicht einfach an die nähere Verwandtschaft abgewälzt werden. Das Leben ist sonst schon teuer genug, da ist man nicht unbedingt gewillt, zusätzlich noch Gärtnereien zu sponsern. Es gibt aber Friedhofsbesucher, die sieht man an Allerseelen vor den Gräbern stehen und weinen. Sie tun sich schwer daran zu begreifen, warum und wieso. Dies sind die Stummen, die mit dem guten Gewissen. In ihren Gesichtern erkennt man Ehrlichkeit. Dann gibt es die mit dem weniger guten Gewissen, die hastig herumschauen und ihren Kopf im aufgestellten Mantelkragen verstecken. Es gibt auch Besucher, die kommen nur schnell vorbei, drücken einen Winterstock in die Erde, schauen kurz hin und verschwinden wieder. Andere bleiben lange, sie haben sich gut vorbereitet, sind in warme Winterkleider gehüllt und stehen andächtig da, mit zusammengefalteten Händen. Vergessen sollten wir nicht die einsamen, älteren Friedhofbesucher, die niemanden mehr haben. Diese gehen nicht nur am Knotentag zum Friedhof, sie sind immer da. Wo sollten sie sonst auch hingehen? Man sieht sie auch an fremden Gräbern, sie schauen sich scheu um, zupfen da und dort ein verwelktes Blatt weg, giessen die Blumen und reden manchmal sogar mit den Toten. Der Friedhof ist für sie ein Refugium. Die Schlimmen aber sind die Gleichgültigen. Die von einem Bein auf das andere hüpfen, um die Zeit totzuschlagen und ständig auf die Uhr gucken. In ihren Gesichtern ist Langeweile zu erkennen und ihre Pose verrät Teilnahmslosigkeit.

Auch die Witzeklopfer, die sogenannten „Harten Typen", gehören in diese Gruppe, sowie die unterwürfigen Begleiter, die sich amüsieren, über die Witze kichern und grölen und mit dem Rücken zum Grab stehen. All das sind die Gottesackerbesucher an Allerseelen. Trotzdem, es ist ein schöner Brauch, diese Sprechstunde bei den Lieben. Überall flackern die Kerzen, wie am Schamanenritual bei den fernöstlichen Naturvölkern. Die Graberde ist aufgewühlt und die Gräber sehen aus wie Maulwurfhügel. Dunkle Gestalten suhlen sich mit kleinen Schaufeln um Kreuz und Stein und verstecken die Erikawurzeln in die Hügel. Soweit man gucken kann, sieht man die Sträucher, wie in der Lüneburger Heide. Zwischendurch stärken und wärmen sich die Bepflanzungsakkordanten mit Glühwein aus der mitgebrachten Thermosflasche. Auch ein Schluck aus dem Flachmann mit hochprozentigem Inhalt hilft die Kälte zu besiegen. Man gönnt sich ja sonst nichts, und mit ein bisschen Feuerwasser erinnert der Ausflug ein wenig an einen Beizenbummel. Den ewigen Nörglern und Alkoholbanausen ist dies natürlich ein Dorn im Auge. Sie stören sich auch an den weggeworfenen Marroni- und Mandarinenschalen. Doch dieser Abfall liegt nur herum, weil vor den Gräbern kein Abfallkübel steht. Sonst ist man ja ordnungsliebend, aber man muss auch in Betracht ziehen, dass diese Fressalien in dieser Jahreszeit im Trend sind. Verrotzte Papiertaschentücher, die am Wegrand an den Zweigen aufgespiesst flattern, würde man, gäbe es einen Kübel, selbstverständlich ebenfalls entsorgen. Es wäre ja unhygienisch, die schleimigen Tücher in die Manteltasche zu kleben. Die Raucher übrigens, die ihre Kippen auf dem Grabstein ausdrücken und liegenlassen, sind Ausnahmen. Auch die Businesskinder, die an Allerseelen im Friedhof die neuen Kerzen und Erikastöcke klauen und draussen vor dem Eingangstor wieder verkaufen, sind eher selten. Ich habe keine Ahnung, warum ein Friedhof so einen schlechten Ruf hat und wer die Lüge verbreitet hat, dieser Ort sei stinklangweilig. Dies ist ein irrtümlicher Irrtum. Ich will diese lügnerische Behauptung auch so nicht stehen lassen. Wer Augen und Ohren hat, wird eines Besseren belehrt. An einigen Gräbern hört man Rap- oder andere Schneekettenmusik aus dem Radio, die junge Nachwuchsbesucher auf der Schulter mitschleppen. Die Verkaufsstände mit Kerzen, Erikas, Glühwein, Bratwurst und Tombola müssen allerdings weiterhin vor dem Friedhof aufgebaut werden, bringen aber zusätzlich Pep in den Feiertag. Wer gesellig ist und auf die Menschen zugehen kann, für den geht an diesem Tag in den Grabanlagen die Post ab. Wie bei einer Sennenkirmes und dies bei freiem Eintritt wohlverstanden! Für all diejenigen, die etwas erleben wollen, den Knotentag aber trotz Knoten im Taschentuch verpasst haben, gibt es zirka zwanzig Tage später eine Gelegenheit, diesen Lapsus auszumerzen: am Totensonntag, dem letzten Sonntag vor Advent. Es lohnt sich auch an diesem Tag, sich in die Kolonne vor dem Friedhofstor einzureihen und den Trunkenbolden und Hobbygärtnern zu helfen, den Friedhof umzupflügen. Eigentlich heisst dieser Tag Ewigkeitssonntag, wahrscheinlich darum, weil einige Verstorbene eine Ewigkeit warten müssen, bis sie besucht werden und nachher zufrieden unter einem Erikastock weiterschlafen können.

Sind wir ehrlich, es ist doch alleweil noch tausendmal schöner auf der Erde als unter der Erde. Auch daran sollte uns dieser Knotentag dankbar erinnern.

JEANNETTE

Die Kälte formt das Winterkleid,
die Bäche sind gefroren,
in dieser kühlen Jahreszeit,
da bist Du geboren.

Wer in den geweihten Tagen
das Licht der Welt erblickt,
darf die Wärme in sich tragen,
die uns der Himmel schickt.

Das Licht der Weihnachtskerzen,
der Glanz von Herrlichkeit,
strahlt in Eure Herzen
in dieser frommen Zeit.

Trag Du nun diese Wärme,
mein Adventszeitkind,
hinaus zu jenen Menschen,
die kalt und herzlos sind.

Der Dank für diese Wärme,
die Du tausendmal verschenkst,
leuchtet in Dein Leben,
viel mehr als Du jetzt denkst.

Ein hochherziges Leben
stillt so manchen Schmerz
und die Freude, die wir geben,
kehrt zurück ins eigne Herz.

WIE LIEB ICH DICH

Der Tag war schon am Ende,
wir sassen auf der Bank,
hielten uns die Hände,
schauten, wie die Sonne sank.

Schüchtern legt' ich zaghaft
meinen Arm um Dich,
drückte zärtlich ohne Kraft
behutsam Dich an mich.

Der Abendwind, der spielte
mit Deinem kurzen Haar
und hinter Ästen schielte,
zu uns ein Eulenpaar.

Diesig lag ein Schleier,
wie Drachenhauch im Moor
und aus dem Schilf am Weiher
quakte laut ein Frösche – Chor.

Der Mond war aufgegangen,
warf seinen Glanz ins Ried
und müde Vögel sangen
ihr letztes Schlummerlied.

Deine Augen leuchteten wie Kerzen
in Dein liebliches Gesicht
und unsre Worte aus dem Herzen
reimten sich wie ein Gedicht.

Als Deine warme, zarte Hand
über meine Wange strich,
hab ich lichterloh gebrannt.
Oh mein Gott, wie lieb ich Dich.

WEIHNACHTSGESCHICHTE

In der leicht abschüssigen Altstadtstrasse schwirren und wuseln einige uniformierte Verkehrspolizisten wie Wespen hin und her und verrichten ihren Dienst. Jeder einzelne ist mit irgendwas beschäftigt. Ihre Erfahrung und Routine sind in den hektischen Arbeitsvorgängen unübersehbar. In alle Richtungen fliehen aufgespannte Schirme und darunter stecken gekrümmte, eilige Gestalten. Nur einige unerschütterliche Gaffer trotzen der Kälte. Am Strassenrand auf einer Wolldecke sitzt ein Mann, blutend und zitternd. Der kalte Dezemberregen peitscht in sein Gesicht und nässt sein Haar und dasjenige von dem Kind, das leise wimmernd in seinen Armen liegt. Von weitem ist das Cis – Gis – Horn vom Notruf zu hören, das immer lauter wird und näher kommt und sein kreisendes Blaulicht auf die rechts und links im Halbdunkeln stehenden Hausmauern wirft. Der ausgebrannte Kleinlaster liegt auf der Seite und die Ladung Frischgemüse ist weiterum verstreut. Die Augen des Verletzten schauen nirgendwohin, apathisch sitzt er da, nur seine nasse Hand streicht wie ein Scheibenwischer im monotonen Takt immer wieder über den Kopf des Kindes. Teilnahmslos und gleichgültig hört er die Warnung aus einem Autoradio vom nebenan liegenden Parkfeld: Achtung an alle Strassenbenützer. Durch den anhaltenden Eisregen sind die Fahrbahnen zu Eisbahnen geworden. Es wird um höchste Vorsicht gebeten. Im Schock merkt er nicht einmal, dass man ihn und seine ebenfalls verletzte Tochter ins Sanitätsauto schiebt.

Nach einigen Tagen liebevoller Pflege, aber auch Angst und Ungewissheit trat ein Arzt an das Krankenbett des Vaters: „Herr Burkhart, ihr Gesundheitszustand ist sehr zufriedenstellend. Sie haben grosse Fortschritte gemacht, in ein paar Tagen können wir Sie ohne Bedenken nach Hause entlassen." „Was interessiert mich mein Gesundheitszustand, was ist mit meiner Tochter?" brüllte er den Arzt an. „Ja, also Ihre Tochter wird noch einige Zeit hier bleiben müssen. Wir werden unser Menschenmögliches tun, um ihren schweren Schock in den Griff zu bekommen. Das Hirn Ihrer Tochter möchten wir vollständig reanimieren und vor allem auch versuchen, ihr Augenlicht zu retten. Aber um ehrlich zu sein und es gibt keinen Grund, dies nicht zu tun, glaube ich nach den Untersuchungen nicht mehr stark daran, dass Ihre Tochter jemals wieder sieht." „Ich will erfahren, was Sie wissen, nicht was Sie glauben. Glaube gehört in die Kirche", brüllte Burkhart weiter. „Ich will nur klaren Wein einschenken und denke, dass jeder Mensch ein Anrecht auf Wahrheit hat. Leider kann ich Ihnen momentan keinen besseren Bescheid geben, wir müssen die Situation vorläufig so akzeptieren. Gelingt uns doch noch ein Teilerfolg, so wäre das umso erfreulicher. Und Wunder, Herr Burkhart, gibt es ja immer wieder. Ihre Tochter kommt jetzt in eine speziell für solche Fälle eingerichtete Abteilung, wo wir unverzüglich mit den Therapien beginnen werden. Sollte es erforderlich sein, können wir in dieser Abteilung Ihre Tochter auf ein Leben mit dieser Behinderung vorbereiten und ihr den Einstieg in ein lichtloses Leben erleichtern." Teilnahmslos, ruhig, mit einer inneren Leere hat Herr Burkhart diese Orientierung aufgenommen. Er war geknickt, das Leben schien für ihn sinnlos. Eine Weile lag er benommen da. Plötzlich fing sein Körper an sich aufzubäumen, seine Pupillen drehten sich in den Augenhöhlen und das Blut schoss in seinen Kopf und färbte seine Haut zwischen den Pflastern rötlich. „Warum habe nicht ich das Augenlicht verloren? Warum meine Tochter? Das ist doch für sie kein Leben mehr, das ist doch eine aberwitzige, gottverdammte Zumutung. Es ist meine Schuld, ich habe doch diesen Unfall verursacht. Ich kann doch meine Tochter niemals mehr anschauen ohne ein Schuldgefühl. Warum ausgerechnet sie? Warum traf es nicht einen Asozialen, einen Randständigen, einen Tunichtgut, solche, die ohnehin schon kaputt sind? Ich kann doch mit dieser Last und Bürde von Schuld nicht weiterleben, Heilandsack!" schrie es gallig aus ihm heraus. Zur Schwester gewandt sprach der Arzt: „Geben Sie ihm eine Beruhigungsspritze, er wird sie brauchen."

Später half ihm die Liebe, sowie das gute Zureden seiner Frau über das Gröbste hinweg. Sie konnte ihm mit viel Geduld klarmachen, dass er als Vater, Mann, Erzieher und Ernährer gerade jetzt gebraucht wird. Aber erst seit jenem Tag, als sich seine Tochter fest an ihn drückte und zu ihm flüsterte: „Papa, ich brauche Dich, ich habe Dich so fest lieb", kam bei ihm der verloren geglaubte Lebenswille zurück. Faustdicke Tränen flossen ihm bei dieser Bekenntnis über die Wangen: „Es ist seit meiner Kindheit sicher nicht mehr vorgekommen, dass Tränen über mein Gesicht rollen", dachte er damals.

Drei Weihnachten sind seither vergangen. Drei Weihnachten ohne Tannenbaum. Aus Rücksicht auf ihre Tochter haben sie an keinem Fest mehr einen Baum geschmückt. Nun im vierten Jahr fragte die Frau ihren Ehepartner: „Was meinst Du, wollen wir dieses Jahr wieder einen Weihnachtsbaum schmücken?" „Warum? Unsere Tochter sieht ihn ja ohnehin nicht", trotzte er und formte eine unwillige Schnute. „Ich weiss, trotzdem, ich könnte ihr den geschmückten Baum

beschreiben, genauso wie ich ihn sehe. Sie würde die Kerzenwärme spüren und die angebrannten Nadeln riechen."
Unaufhörlich und leise schwebten dicke Schneeflocken vom Abendhimmel. Die Mutter stand mit ihrer Tochter am Fenster und beschrieb, wie die zarten Flocken jeden Gegenstand da draussen in einen weissen Schneemantel hüllen. Liebevoll drückte sie ihr Töchterchen an sich und meinte: „Endlich können wir wieder einmal ein weisses Weihnachtsfest feiern. Ein schneereiches Fest der Liebe."
„Mutter, beschreib mir den geschmückten Baum und erzähle mir die Weihnachtsgeschichte, bitte, bitte", bettelte die Kleine. „Mein Liebes", begann die Mama, „der ganze Baum ist schneeweiss. Weisse Kugeln, weisse Kerzen, weisse Glöcklein und Silberfäden hängen wie Eiszapfen am Baum. Zudem habe ich Watte auf die Zweige geklebt, so sieht der Baum aus, als hätte er auch etwas von den Schneeflocken abbekommen. Spürst Du das warme, flackernde Kerzenlicht? An Heiligabend dringt Wärme und Liebe in die Welt und in unsere Herzen. Diese Wärme und Liebe soll uns bedächtig und besinnlich stimmen. Symbolisch übernehmen die Kerzen in dieser gesegneten Zeit diesen Part." Dann setzten sie sich vor den Baum und die Mutter erzählte ihr die Weihnachtsgeschichte und zum Tagesabschluss sangen die beiden am Kinderbett ein Weihnachtslied. Auf dem Weg zur Mitternachtsmesse fragte Herr Burkhart seine Frau: „Warum hast Du auf den weiss geschmückten Baum einen grünen Stern auf die Tannenspitze gesteckt?" „Grün ist die Hoffnung, mein Schatz. Ich hoffe, dass es unserer Tochter, trotz ihrer Blindheit, gut geht in ihrem Leben", antwortete sie besorgt und drückte seine Hand. „Du", fing ihr Mann das Gespräch wieder an, „ich komme nicht mit in die Kirche. Ich

gehe unterdessen in meine Stammkneipe. Ich warte nach der Messe vor der Kirche auf Dich." „Nein, bitte begleite mich. Ich möchte mit Dir an diesem Heiligabend intensiv beten und Gott bitten, sich unserer Tochter anzunehmen und ihr ein schönes und einigermassen sorgenfreies Leben zu schenken. Gerade heute in dieser gesegneten Nacht glaube ich fest daran, dass unsere Bitte ankommt", bettelte sie. „Blödsinn, warum sollte Gott uns helfen? Es wäre ja einfacher gewesen, er hätte es nie geschehen lassen", maulte er zurück. „Schau, mein Lieber, genau da, wo unser Wissen aufhört, da fängt der Glaube an. Wer Gott aufgibt, der löscht die Sonne aus, um mit einer Laterne weiter zu wandeln. Man sollte nicht an jeder Prüfung verzagen, die Prüfungen sollten uns stärker machen. Bitte, begleite mich und hilf mir beim Beten, zusammen sind wir stärker. Wenn wir beim Beten ganz fest an unsere Tochter denken, wird sie bestimmt eine Kraft bekommen, die sie im Leben brauchen kann." „Also, Dir zuliebe und weil es Heiligabend ist, lass ich mich überreden". Sprach es und trottelte ihr hinterher. Ehrlicherweise hätte er ihr gestehen müssen, dass ihn irgendetwas in die Kirche zieht. Nur was, wusste er nicht, irgendetwas sehr, sehr Starkes. Viel länger als sonst beteten die beiden an diesem Heiligabend in der Kirche. Nur Gott kennt den Inhalt dieser Gebete. Auf dem wortlosen Heimweg, sie gingen Hand in Hand wie schon lange nicht mehr, waren beide mit ihren eigenen Gedanken beschäftigt. Plötzlich schreckten sie auf. Von weitem hörten sie ein Rufen, es war mehr noch, es waren Schreie. Sie liefen schneller und bald stellten sie fest, dass es die Stimme ihrer Tochter war. Jetzt rannten sie und keuchten die Stiegen empor. Atemlose Minuten später, als sie die Türe zum Wohnzimmer aufrissen, stand die Tochter im Nachthemd vor ihnen.

Die Tränen liefen wie wilde Bäche über das Gesicht. Sie fasste die Mutter, drückte sich ganz fest an sie und schrie immer wieder: ,,Mutter, Mutter, ich sehe wieder! Mutter, Mutter, ich sehe wieder! Ich sehe die weisse Pracht im Mondlicht vor dem Fenster. Ich sehe den geschmückten Tannenbaum und den grünen Stern auf der Spitze. Warum weint Ihr denn? Ich sehe Tränen in eueren Augen. Mein Gott, ich sehe wieder und heute ist doch Heiligabend. Ich lag schlafend im Bett, plötzlich weckte mich ein Feuer, das in mich drang und ich fühlte etwas Starkes in mir, eine unge-heure Kraft stieg in mir hoch. Ich spürte, wenn ich jetzt den Lichtschalter drehe, werde ich sehen. Zitternd stand ich auf, knipste die Lampe an und ich sah. Mutter, Vater, ich sehe! Jetzt sehe ich Euch wie Ihr vor mir steht, ich sehe alles, alles!'' Ein paar Tränen später lagen sich alle in den Armen. Der Vater drückte seine Frau ganz fest an sich, schaute ihr lange in die Augen, nahm ihre Hand und sprach leise: ,,Danke, das war unser Gebet, es hat geholfen. Du hast immer daran geglaubt, Danke." Trotz der späten Stunde wollte die Tochter die Kerzen am Baum brennen sehen und ihre Wärme spüren. Alle drei standen vor dem Christbaum, hielten sich die Hände und sangen: „O du fröhliche, o du selige, Gnade bringende Weihnachtszeit..."

DU BIST DIE EINS

Wie bin ich süchtig nach den Tagen,
wo mich Deine Hand erreicht,
die so zärtlich, lieb, mit Wohlbehagen,
über meinen Körper streicht.

Zu dieser Hand werde ich eilen,
wenn Du bettelnd rufst: „Oh komm!"
Lust und Liebe mit Dir teilen
und dankbar sein, was ich bekomm.

Von dieser Hand, von dieser zarten,
weich' ich, wenn Du sagst: „Oh geh!"
Werd' geduldig auf Dein Rufen warten
und dankbar sein wie eh und je.

Lass mich kommen und Dich fühlen,
meine Haut erwartet Dich,
möchte Deine Hände spüren,
Du bist die Eins für mich.

SORGEN

Beruflich bin ich sehr viel fort,
vielmals da, vielmals dort,
Dir rauben Sorgen nachts die Ruh',
Du fragst Dich oft, was ich wohl tu'?

Auf Dein besorgtes Fragen
kann ich ehr- und redlich sagen,
dass mein Herz Dich nie vergisst,
auch wenn Du viel alleine bist.

MARGUSCHKA

Gib mir Deine Hand.
Ich werde sie wärmen, wenn Dir kalt ist.
Ich werde sie halten, wenn Du Angst hast.
Ich werde sie streicheln, wenn Du traurig bist.
Und ich werde sie loslassen, wenn Du frei sein willst.

GEDANKEN

Er fiel mir schon lange auf, dieser alte Mann, der immer so langsam ging. Auf vielen Spaziergängen habe ich ihn beobachtet. Durch ihn lernte ich stillstehen und den zwitschernden Vögeln zuzuhören. Erst durch ihn wurde mir bewusst, dass überhaupt Vögel zwitschern. Einmal traf ich ihn am Waldrand, als er eine schöne Blume bewunderte, ohne sie zu beanspruchen, ohne sie pflücken und besitzen zu wollen. Er liess sie stehen, wo sie steht und anvertraute mir, dass er zweimal pro Woche den weiten Weg geht, um draussen vor der Stadt die Schönheit der Natur zu bewundern. Gestern las ich seinen Namen in der Todesanzeige. Es stand: An einer schweren Krankheit verstorben. Schwerkranke lernen uns zu leben und das Schöne wieder wahrzunehmen.

Ich habe eine kaputte Uhr zu Hause, die ich immer dann trage, wenn ich schöne Stunden erlebe, um diese Zeit anzuhalten.

Ich bin ein grosser Patriot. Ich liebe grosse Schweizer Banknoten.

Wenn das Sprichwort: „Zeit heilt Wunden" stimmt, dann müssen meine Wunden tief sein. Ich spüre noch keine Linderung und es ist doch schon so viel Zeit verstrichen.

Besitz ist eine Kette, mit der man die Freiheit fesselt.

Ich möchte aus den dicken Mauern ausbrechen, die den Alltag umschliessen und etwas Neues tun.
– Leben –.

Es gibt Lebenswege, auf denen kann man bequem gehen. Warum wühlen wir uns dann freiwillig durch das Dickicht?

WEGWERFELTERN

Als unser Vater verstarb, blieb eine pflegebedürftige Mutter zurück. Wir Kinder haben es geahnt, dass es bald so weit kommen könnte. Der Vater war seit längerer Zeit gesundheitlich angeschlagen. Doch wir alle schoben das kommende Problem mit geschlossenen Augen vor uns her. Doch wie es so ist im Leben, irgendwann holt einen die Realität ein. Der Familienrat sass bald einmal zusammen, um zu beraten, was mit der Mutter geschehen soll. Mich schickte eine grosse Neugier zu diesem Treff. Ich wollte erfahren, ob ein Kind bereit ist, die Mutter bei sich aufzunehmen. Vorerst war sie bei einer Tante untergebracht, die jedoch selber mit gesundheitlichen Problemen zu kämpfen hatte. Mit jedem Tag, den sie dort verbringen durfte, wuchs unser schlechtes Gewissen, weil wir unfähig und hilflos waren, eine befriedigende Lösung zu finden. Wir fünf Kinder sassen also zusammen. Jeder sollte sich äussern und zu dem Problem Stellung nehmen. Man sieht ja bei den Menschen, so auch bei Geschwistern nur bis zur Stirne, nicht weiter. Jeder war also gespannt auf die Meinung des anderen. Der Abend verlief in einer streng hierarchischen Rangordnung. Der Älteste durfte beginnen und argumentierte: „Er könne die Mutter keinesfalls beherbergen und pflegen, weil er berufstätig und seine Frau fast blind sei." Wir Restlichen wussten natürlich von dieser Sehbehinderung. Seine Argumentation leuchtete uns ein. Die ältere der beiden Schwestern gab zu verstehen, sie könne die Mutter ebenfalls nicht zu sich nehmen, ihre Wohnung sei viel zu klein. Umziehen in eine grössere Wohnung käme unter keinen Umständen in Frage. Sie und ihr Mann hätten ein zu gutes Verhältnis mit den jetzigen Hausbewohnern. Wer weiss, ob man mit neuen Nachbarn wieder solches Glück hätte? Was ich als Bruder noch hinzufügen sollte: „In dieser kleinen Wohnung hat meine Schwester zwei Kinder grossgezogen." Die jüngere Schwester klemmte ebenfalls. Ihren Aushilfsjob in einem Kleidergeschäft wolle sie unbedingt behalten. Diese Beschäftigung würde sie von vielen schrecklichen Erlebnissen in ihrem Leben ablenken. Es war uns Geschwistern wahrlich bekannt, dass ihr das Glück nicht unbedingt hold war in ihrem bisherigen Leben. Wir andern boten ihr zwar noch an, den gleichen Lohn zu bezahlen wie das Kleidergeschäft. Zusätzlich noch den Betrag, den unsere Mutter bezahlen könnte. Es war ein Schuss ins Ofenrohr. Die Antwort war nur ein entschlossenes Kopfschütteln. Irgendwie konnten wir ihre Haltung auch verstehen. Es wäre sicher eine Zumutung für ihren frisch angetrauten Mann, eine pflegebedürftige Schwiegermutter in ihre junge Ehe einzuschleusen. Mein zweiter Bruder ist alleinstehend. Er konnte die Mutter unmöglich aufnehmen, dazu fehlt sicherlich eine Frau. Nun schauten alle auf mich, auf den Jüngsten. Wie Schlangen hypnotisierten sie mich. Ich konnte ihre Gedanken lesen: „Du bist doch nicht alleinstehend. Deine Frau hat keinen Aushilfsjob, sie ist als Mutter einer kleinen Tochter sowieso zu Hause. Mit den Nachbarn hast du auch nicht so eine herzliche Beziehung. Zudem läuft deine Frau nicht halb blind herum." Eine alte Weisheit löste sich aus meinem Unterbewusstsein: „Eine Mutter kann fünf Kinder ernähren, fünf Kinder aber nicht ihre eigene Mutter." Vor meinen Augen tauchten Bilder auf. Bilder von den letzten gemeinsamen Tagen mit meinen Eltern. Die Mutter sass weinend im Stuhl und zitterte: „Wenn der Vater vor mir gehen muss und einmal nicht mehr da ist, wollt ihr mich in ein Pflegeheim abschieben. Eines der Kinder hätte ihr dies gestanden." Mein Vater reagierte darauf: „Schickt die Mutter nicht in ein Pflegeheim. Irgendein Kind soll sie doch zu sich nehmen. Es wäre ja nicht umsonst, finanziell sei für die Mutter vorgesorgt." Wie habe ich mich damals vor meinen Eltern geschämt. Die eigene Mutter, der eigene Vater wollen sich aus Angst, im Stich gelassen zu werden, bei uns Kindern einkaufen. Ich nahm damals die Hand meiner Mutter und versprach ihr: „Solange ich lebe, liebe Mutter, solange kommst du nicht in ein Heim." Was für Worte. Feige und hilflos stand ich nun vor meinen Geschwistern und wusste selbst nicht mehr weiter. Bis anhin verschwieg ich die Tatsache, dass meine Frau mich verlassen wollte und wir deshalb kurz vor der Scheidung standen. Meine scheidungswütige Hälfte wäre sicher nicht einverstanden, meine Mutter kurz vor der Trennung noch zu betreuen. Man kann ihr das auch nicht verübeln. Keiner von uns kann den ersten Stein werfen, wir sind alle nicht auf dem Niveau einer Mutter Teresa. Ich aber befand mich in einer dreckigen Situation. Ich gab meinen Eltern das Wort und wusste nicht, wie ich es halten kann. Ich fiel in ein tiefes Loch. Mein Gott, was hätte ich nicht alles getan, um die Ehe zu retten. Nicht nur deswegen, dass meine Mutter ein Zuhause bekäme. „Also", unterbrach ich die Stille, „ich spreche mit meiner Frau. Sie wird bestimmt einverstanden sein, dass die Mutter zu uns kommt", log ich. Ein hörbares Aufatmen übertönte die klopfenden Herzen und die Schlangenaugen senkten sich. Die jüngere Schwester meinte erlöst: „Ich habe auch an euch gedacht. Ihr könnt die Mutter am besten nehmen, ihr habt einen Lift im Haus." Diese Worte waren wie ein Hammerschlag für mich. Ist es ein Lift, der entscheiden soll, ob man eine Mutter zu sich nehmen kann? Liegt es nicht am Willen, ob man eine Mutter aufnehmen möchte? Aus Liebe, aus Überzeugung, aus Dankbarkeit. Zudem habe ich später die Stufen im Treppenhaus bei meiner älteren Schwester gezählt. Um in unserem Hauseingang den Lift zu erreichen, müsste die Mutter ebenso viele Tritte bewältigen wie in ihrem Haus bis zur Wohnungstüre. All meine geschriebenen Gedanken sollen keine Moralpredigt an meine Geschwister, an meine Frau oder an mich selbst sein. Solches stünde mir auch nicht zu. Ich habe mir nur so meine Gedanken gemacht über die traurige Situation unserer Mutter. Ein afrikanisches Sprichwort besagt: „Du kannst nie ein Teil eines Dorfes sein, wenn dich das Dorf nicht will." Trotzig war ich entschlossen, die Mutter bei mir aufzunehmen. Wenigstens so lange, bis ich nach der Scheidung selbst vor die Türe gesetzt werde. Ich wusste keinen anderen Ausweg, ich war ehrlich überfordert. „Meine Frau und ich werden eine grössere Wohnung suchen, weil eine Dreizimmerwohnung mit einer kleinen Tochter und einer behinderten Mutter zu klein ist", orientierte ich den Geschwisterrat. Die ältere Schwester, die mit den lieben Nachbarn, erklärte sich bereit, die Mutter vorübergehend aufzunehmen. Am gleichen Abend klingelte das Telefon. Meine jüngere Schwester, die mit dem Aushilfejob, war am Draht: „Du kannst deiner Frau nicht zumuten, dass sie unsere Mutter pflegt", wusste sie. „Soll ich sie erschiessen?" zischte ich. „Nein, es gibt schöne Alters- und Pflegeheime, wo die Mutter sogar ihre Möbel mitnehmen darf und mit Gleichaltrigen zusammen leben könnte", wollte sie mich überzeugen. „Die Mutter kommt in kein Heim", trotzte ich. „Bevor du sie zu dir nimmst", meinte meine Schwester, „lass uns doch so ein Heim besuchen. Du kannst dich hinterher immer noch entscheiden." Am nächsten Samstag standen wir also in so einem Wartesaal zum Jenseits. Unser mitgebrachter Blumenstrauss verstreute ein bisschen Duft von Rosen und Levkojen im Raum. All den grauen, dekadenten Wartenden zu begegnen, war schlimmer, als ich es mir vorgestellt hatte. Ohne Ziel hin und her laufend, mit nur vier Terminen im Kopf, Arztvisite und drei Bauchgrummelzeiten, laufen, stehen und sitzen sie ihre Zeit ab. Eine bucklige Frau in der Ecke war über ein Puddinggemampfe gebeugt und verströmte schon von weiten Einsamkeit. Überall schlurfte seniles, zitterndes Fleisch am Gehstock oder hinter einem Gehroller ohne Tagesfreude. Ausser vielleicht einem kurzen Spaziergang zum Teich, mit einem Stück Brot in der Hand, um die Enten zu füttern. Bei einigen schien das Hirn nicht mehr zu wissen, was es tun soll, rappelköpfig irrten sie durch die Flure. Andere starrten mit Glupschaugen zur Wand, leer, ausgedient und unbrauchbar. Nur im Weg stehend, wie eine Schikane, von Furcht und Phobien ausgemergelt. Sie warten… und warten…, hoffen und beten… und denken, dass das Leben so nicht enden dürfte. Ich hätte schreien können, dachte daran, in nicht allzu langer Zeit vielleicht selber in so eine Alteisendeponie gepfercht und eingesperrt zu werden. Ich weiss nicht, war es Angst, war es Verzweiflung, war es Hilflosigkeit, was sich in mir breitmachte. Ich erinnere mich nicht, ein Wort zu kennen, das dieses grauenhafte Empfinden beschreiben könnte. Ein Heimbewohner im Rollstuhl beobachtete uns. Langsam, wie eine Schlaftablette, schob er sich wie ein schleichender Luchs arglistig in unsere Nähe. Nur der Duft von Kampfer und Naphthalin verriet ihn. Zwei müde Pupillen, die sich in tiefen Augenhöhlen versteckten, sogen sich an uns fest und erhaschten jede Bewegung. Mit einer einstudierten Handbewegung winkte er das Ohr meiner älteren Schwester zu seinem Mund herunter und nölte: „Sucht ihr einen Platz für eure Wegwerfeltern?" Meine ältere Schwester, die mit den lieben Nachbarn, erschrak. Ein Schauder kitzelte ihren Rücken, so beschrieb sie es uns später. Sie lief aus dem Heim. Wir Geschwister auch, hinterher. Dann blieb sie stehen, schaute uns an und sagte bestimmt und entschlossen: „Ich nehme sie."

Danke Schwester. Der Himmel wird es vergelten.

MEINE PERLE

Was funkelt, blitzt und glitzert
wie ein Juwel an meiner Hand?
Eine zarte, weisse Muschelkugel,
Perle wird sie genannt.

Gefunden hab' ich diese Leuchte
in einem fernen, fremden Land.
Ich schwamm in dunkler Tiefe,
als ich die Auster fand.

Sachte hob ich diese Gabe,
voller Stolz und Zuversicht
heraus aus ihrer Schale,
hinauf ans Tageslicht.

Schützend schloss ich diese Perle
ganz tief in mich hinein.
Mich dünkt, als ob ich spüre,
in mir sei Sonnenschein.

Nun wirft die helle Kugel,
mein Lebenselixier,
von meinem Herzen drinnen
Glanz und Licht aus mir.

In diese wunderbare Perle
hab' ich mich so verliebt.
Weiss nicht, ob's in den Meeren
nochmals so eine gibt.

Ich will es auch nicht wissen,
wir sind ein Hochzeitspaar,
nur ich und meine Perle.
Ein Wunder wurde wahr.

Raffer reihen wie Trophäen
die Kugeln an die Schnur.
Ich brauch, so will mir scheinen,
die eine Perle nur.

DAS BRIEFLEIN

Ein Brieflein lag in meinem Pferch,
anonym geschrieben, rotzigfrech,
es war, weiss Gott, schon allerhand,
was in dem bösen Brieflein stand.

Der Schreiber beschrieb in übler Art
mein' Charakter wahrlich knüppelhart,
er verlangte gar, dass ich mich schäme,
wie ich, zum Teufel, mich benähme.

Als ich später einmal wissen wollte,
ob ich's nochmals lesen sollte,
ich suchte wild in jeder Eck',
das böse Brieflein, es war weg.

Als meine Ehe vor der Scheidung stand,
was wedelt da in Richterhand?
Mein anonymes Brieflein, was verschwunden.
Ei, ei! Nun ist es ja gefunden.

TAGEBUCH VON HANS RUDOLF S.

23. Dez. 77. Heute flog ich von Saudi – Arabien zurück in die Schweiz, um meinen wohlverdienten Weihnachtsurlaub zu geniessen. Am Abend, bei einem guten Tropfen Rotwein, gestand mir meine Frau, dass sie im dritten Monat schwanger sei. Ich weinte ehrliche Freudentränen. Sechs lange Jahre versuchten wir es umsonst, nahmen unzählige Hilfsmittel und Heilkräuter und rannten von Arzt zu Arzt, von Spezialist zu Spezialist. Nichts geschah. Vor zweieinhalb Monaten besuchte mich Manuela in Jedda und jetzt... Ich bin überwältigt, einfach glücklich, endlich werde ich Vater.

18. Jan. 78. Ich bin wieder im Sand, zurück in Jedda. Ich denke Tag und Nacht an meine schwangere Frau. Hoffentlich geht alles gut.

20. März 78. Bin wieder in Zürich. Alle drei Monate steht mir ein Heimflug zu und eine Woche Heimurlaub. Manuela ist im sechsten Monat. Ihr Bauch ist dick. So wunderschön dick, und ich fühle Leben in diesem gespannten Hügel. – Leben –.

11. Juni 78. Dieses Datum habe ich herbeigesehnt. Der Tag ist in meiner Agenda rot eingerahmt. Von Jedda flog ich via Beirut nach Zürich. Nicht weil ich Beirut so sehr liebe, ich konnte keinen direkteren Flug ergattern. Schneller wäre mir lieber gewesen. Ich habe nur das eine im Kopf, demnächst soll mein Kind, unser Kind zur Welt kommen. Die Tragzeit wird jetzt neunmonatig. Ich bin durcheinander, glücklich und ängstlich zugleich. Unser Kind wird bald da sein. Geht wohl alles gut?

18. Juni 78. Ich sitze im Wohnzimmer vor dem Fernseher und verfolge eine schauderhafte Geschichte über einen

Kindsmörder. Manuela rennt plötzlich aus dem Schlafzimmer und steht in die Wanne. Das Fruchtwasser läuft ihr die Beine runter. Im Schock eile ich zum Telefon und rufe das Krankenhaus an und informiere, dass wir kommen. Liebevoll wickle ich meine Liebe in Wolldecken und bette sie auf den Hintersitz. Unkonzentriert und aufgeregt, geradezu fahrlässig, kutsche ich die beiden wie ein schlechter Fahrschüler zum Spital.

19. Juni 78. Sieben Uhr in der Früh. Meine Frau und ich haben eine hektische Freinacht hinter uns mit unzähligen Messungen und Untersuchungen. Ich bekomme ein Frühstück, es schmeckt nicht, es riecht alles nach Spital. Manuela liegt in den ersten Wehen. Sie ist tapfer, ich kaum. Ich habe Angst, weiss nicht, was auf uns zukommt.

Zehn Uhr. Ihr Gynäkologe ist eingetroffen, aus Lugano, wo er seinen Urlaub verbringt. Sein Kommen ist keine Selbstverständlichkeit, sondern rücksichtsvoll und lieb zugleich. Ich bin erleichtert, dass er da ist, Manuela auch. Ihm sollte ich ein Kränzchen winden. Er orientierte uns kurz, dass keine Hebamme aufzutreiben wäre. Die vergangene Nacht sei eine Vollmondnacht gewesen. In solchen Nächten kämen alle „fälligen" Kinder gleichzeitig zur Welt. Er meinte, ich müsste nun diese Aufgabe übernehmen. Dann erklärte er mir die Handhabung der Weheneinleitungsmaschine. Weiter lernte ich in wenigen Minuten, wie man eine korrekte Beruhigungsmassage ausführt.

Dreizehn Uhr. Manuela verliert bald das Bewusstsein, die Kräfte gehen zu Ende. Sie liegt schon sechs Stunden mit Wehen auf dem Bett. Ich massiere, wie es mir beigebracht wurde, wie ich es eben kann und folge den Anweisungen des Arztes. Bediene die Wehenmaschine und reguliere die Tropfenzahl.

Fünfzehn Uhr. Bald halte ich nicht mehr durch, auch ich bin am Ende meiner Kraft. Meine Frau stöhnt ununterbrochen, sie liegt nicht mehr in den Wehen, sie liegt in den Schmerzen, trotz Lachgas. Der Gynäkologe spricht von einer sehr schweren Geburt. Er bereut es, keinen Kaiserschnitt gemacht zu haben. Er schwitzt, ich auch, Manuela ist nass. Der Arzt schneidet mit einer Schere an der Vagina. Mir wird übel und meine Hoden ziehen sich zusammen. Ich lenke mich ab, massiere am Rücken, drehe am Knopf der Maschine und erhöhe die Tropfenzahl, wie man mir befahl. Der Arzt kommt mit einer Vakuumglocke. Endlich zieht er mit dieser ein schwarz behaartes Mädchen ans Licht.

Fünfzehn Uhr zweiunddreissig. Nie werde ich diesen Augenblick vergessen. Ariane ist da. Unsere Tochter, gesund und munter, und ich darf sie baden. Die Spannung löst sich allmählich, trotzdem bin ich überfordert, ich bin am Ende, gleichzeitig überwältigt und nervös. Ich weine. Jetzt kommt der Stolz. Wir übergaben unserem Sonnenschein bereits den Schlüssel zu unseren Herzen.

Im September 78. Drei Monate sind vergangen. Ich bin Vater einer bildhübschen Tochter. Auch Verwandte, Nachbarn und Passanten finden sie bildhübsch.

19. Juni 79. Der erste Geburtstag unserer Tochter. Sie sitzt hinter einer Torte mit einer brennenden Kerze darauf. Ich habe sie fotografiert. Sie läuft schon einige Schritte und sie wird immer schöner. Vom Gesicht her ist sie, Gott sei Dank, eher die Mutter, das glückliche Kind.

29. August 79. Heute hat Ariane zum ersten Mal Papa gesagt. Mama konnte sie schon eine Woche früher sprechen. Es ist ein herrliches Gefühl mitzuerleben, wie die eigene Tochter wächst. Ich bin glücklich.

24. Dezember 79. Heiligabend. Es spiegelt sich das feurige Flackern der Kerzen in den Augen unserer Tochter. Sie plappert ununterbrochen, lacht viel und freut sich. Wie ein junger Hund untersucht sie neugierig alles, was ihr begegnet. Sie ist ein Turbo und hält uns auf Trab. Manuela und ich danken Gott für unser Glück, eine Familie zu sein.

19. Juni 83. Wie doch die Zeit vergeht! Sechzig Monde sind vergangen. Unsere Tochter ist schon fünf Jahre jung und wir feiern ihren Geburtstag in Kairo, wo ich zurzeit arbeite. Sie wurde bereits vor die Kamera gesetzt. Zwei Werbefilme hat man schon mit ihr gedreht. Für uns ist sie ein Star.

12. August 85. Erster Schultag unserer Tochter Ariane. Ein familienhistorischer Tag. Mit Stolz trug sie den Ranzen zur Schule. Vor kurzem haben Filmleute den ersten Film mit ihr gedreht. Sie bekam eine Rolle in einem Aufklärungsfilm.

10. August 87. Unsere Tochter kommt nun in die dritte Klasse. Sie ist sehr gut in der Schule. Auch diese Begabung hat sie eher von der Mutter geerbt. Ich bin jedenfalls sehr zufrieden mit ihr, sie ist ein liebes und gutes Kind.

19. Juni 88. Zehn Kerzen flackern schon auf der Geburtstagstorte. Die Werbeleute stehen wieder vor der Türe. Ariane ist hübsch und fotogen. Ob das wohl gut ist mit dieser Filmerei?

08. Sept. 88. Unsere Tochter ist verschwunden. Sie kam die ganze Nacht nicht nach Hause. Niemand ahnt, was meine Frau und ich durchmachen. Wir haben grosse Angst und sind verzweifelt.

09. Sept. 88. Heute fand man Ariane. In einem Wäldchen in der Allmend. Tot. Geschändet und erwürgt. Ich verstehe die Welt nicht mehr. Zweifel um Gottes Existenz vermischen sich mit Zorn und Leere. Zehn Jahre Glück hat eine Bestie

in ein paar Minuten ausgelöscht, um ihren Trieb zu befriedigen. Es gibt Dinge im Leben, für die gibt es keine Worte. Würde es trotzdem welche geben, niemand würde ihren Sinn verstehen. Verdammte Scheisswelt!

16. Sept. 88. Heute ist der schlimmste Tag in meinem Leben. Unsere Tochter Ariane wird beerdigt. Herr, es ist Deine Welt. Du hast sie und uns erschaffen. Gib uns nun noch den Verstand alles zu verstehen. Ich kann nichts mehr schreiben.

11. Okt. 88. Der Mörder unserer Tochter ist gefasst. Er hat gestanden. Ich fühle nichts. Es ist keine Erleichterung, unsere Tochter ist tot.

13. März 89. Der Unhold wurde heute zu fünfzehn Jahren verurteilt. Gleichgültig, ohne Reue nahm er das Urteil an. Einige Male hat er während des Prozesses sogar gelacht und gegähnt.

24. März 89. Manuela gestand mir heute am Karfreitag, dass sie im dritten Monat schwanger ist. Ich bin erschrocken.

26. Sept. 89. Manuela gebar wieder eine Tochter. Ein schwarz behaartes, wunderschönes Mädchen, Birgit werden wir sie taufen. Scheussliche Gedanken quälen mich: Wenn sich der Mörder unserer ersten Tochter im Gefängnis gut verhält, ist er in zehn Jahren wieder frei. Rechtzeitig zum zehnten Geburtstag unserer zweiten Tochter. Mein Gott, ich habe begonnen, wieder an Dich zu glauben. Enttäusche uns nicht und bitte hilf uns! Hilf allen Müttern und Vätern in dieser Stadt und hilf allen Eltern auf dieser Welt. Beschütze uns vor diesen Mördern. Beschütze uns auch vor all den Verantwortlichen, die solche Bestien wieder freilassen. Bitte! Wann werden die Augen dieser Blinden aufgetan und die Ohren dieser Tauben geöffnet, damit solche Unmenschen

für immer verwahrt werden? Wenn man ein Schwein zehn Jahre einsperrt und dann die Türe öffnet, kommt immer noch ein Schwein raus und kein Schaf. Nur wahrscheinlich eine Spur aggressiver. Daran kann auch der beste Hirt nichts ändern.

DIE EDDA KOMMT

Die Sonne steigt.
Ein Morgen thront.
Der Kalender zeigt,
die Edda kommt.

Der Tag ist lang.
Mein Herz, es bombt.
Ich wart und bang,
die Edda kommt.

Die Tagesneig'.
Das Zugrad trommt.
Ich steh am Steig,
die Edda kommt.

Jetzt kommt die Bahn.
Die Leitung stromt.
Der Zug hält an,
die Edda kommt.

Sie drückt die Tür,
als sie mich sah,
rennt sie zu mir,
nun ist sie da.

WIE DIE ROSE

Eine verblühte dunkle Rose
hängt fahl im trüben Nass.
Die Blätter welk und lose
verstreut rund um das Glas.

Mein Blick schweift voll Bedauern
vom Glas zum Spiegel hin.
Wie lange wird's wohl dauern,
bis auch ich mal so weit bin?

So schnell verfliegt das Ganze,
die kurze Lebenszeit.
Bald steh ich wie die Pflanze
zum Wegwerfen bereit.

DAS PFERD UND DER VOGEL

„Du sackschwacher, vollgefressener, saudummer Gaul, wenn du bis zum Abend diesen Acker nicht gepflügt hast, trete ich so lang in deinen Hintern, bis er rot ist!" schrie der Bauer seinem Pferd zu. Mit störrischer Gleichgültigkeit stapfte die Mähre gemach weiter, warf kurz ihren Kopf zurück und dachte: „Leck mich doch dort, wo du mich treten willst. Für den Schlangenfrass, den ich für diese Plackerei am Abend vorgesetzt bekomme, reicht meine Leistung allemal. Du schreiende Schiessbudenfigur." Am Ende des Ackers sass ein Vogel auf einem Baum und trillerte eine Frühlingsarie den Schaffenden zu. „Stinkfauler Piepmatz, du hast es schön. Stiehlst dem Herrgott den Tag, indem du nichtsnutzig in der Kultur herumhängst, um dein dämliches Balzgeschrei loszuwerden. Mein Gott, ist das ein Leben. Im Gegensatz zu meinem gestressten Dasein", meckerte der Klepper gehässig. „Wäre ich jetzt dieses Gefieder, ich würde jauchzend dem Himmel zufliegen, die Wampe vollfressen und über dem Kopf des Bauern meinen Darm entleeren. So ein Leben ohne Arbeit, das wäre was. Das nenne ich Leben, da wäre ich auch so vergnügt und würde Oldies zwitschern", wieherte der Unzufriedene weiter. In diesem Augenblick sah er, wie ein schleichender Kater in meuchlerischer Absicht sich dem Vogel nähert, ihn erwischt, erwürgt und frass. Dem Gaul läuft es eiskalt den Rücken runter. Er war stehengeblieben, das packte ihn doch an. „So eine Niederträchtigkeit, so eine Hinterhältigkeit, sapperlot!" empörte er sich. Wollte er nicht vor fünf Minuten noch tauschen mit dem Ermordeten? Er gab sich einen Ruck, schaute den Acker an und begriff: „Jetzt muss ich mich aber beeilen, wenn ich bis zum Abend fertig sein will. Ist doch schön, das zu sein, was man ist, auch wenn es anderen für kurze Zeit mal besser geht." Sprach es, pfiff durch die Zähne und stapfte davon. Eine Spur zackiger als zuvor.

GEDANKEN

Man lebt zwei Leben. Das eine zu Hause, das andere auswärts.

Ich habe schon oft in Gedanken jemanden erschlagen. Bei einigen geht der Gedanke ein kleines Stück weiter.

Früher glaubte ich, es sei wichtig, viel zu besitzen. Wie furchtbar ist es dann aber, alt zu werden und stets daran denken zu müssen, von was man sich allem trennen muss.

In der Jugendzeit sagte man mir, Gefühle seien Mädchensache, Knaben weinen nicht. Doch ich habe später vielfach mit nassen Augen bemerkt, wieviel Gefühl in mir steckt. Ist dies nun eine Schande?

Mit dem Wohlstand kommen die Laster, kommt Unzufriedenheit, Masslosigkeit, Langeweile und vor allem Dummheit. In einigen Ländern sind immer mehr Leute am Verblöden.

Abnehmen schafft man nur mit Willen. Mein Wille hat nun abgenommen, nun liegt es nur noch am Bauch.

Ein Leben gibt zahlreiche Geschenke. Nur auspacken muss sie jeder selbst.

Es gibt Leute, die werfen ihr Geld zum Fenster hinaus. Aber wahrscheinlich haben sie ihre Diener, die unten alles wieder zusammenraffen, bevor es die Armen ergreifen können.

Mein Feind, den ich belauerte, hatte nur noch drei Möglichkeiten. Ich habe sie alle durchschaut. Da nahm er einfach die vierte.

ÄNGSTE

Lieber Vater, ich hab Ängste,
lieg im Bett und denke nach
über so viel Dinge,
kann nicht schlafen, bleibe wach.

Ich denke nach, mein Vater,
wenn mit der Mutter was passiert
oder du nicht mehr nach Haus kommst.
Was wohl aus mir wird?

Hab Angst vor dem Alleinsein,
wenn einer von euch fehlt,
ich bin doch noch so klein,
steh erst mit einem Bein in dieser Welt.

Hab Angst, wenn ich mal gross bin,
meinen Weg alleine geh,
eure Hände nicht mehr spüre,
vor euren Gräbern steh.

Komm, erzähle mir vom Himmel,
von dieser Herrlichkeit,
für mich ist's gut zu wissen,
dass ihr dereinst geborgen seid.

GIB MIR ZEIT

Ich lass' mich gern von dir verführen,
möcht' Zärtlichkeit und Liebe spüren.
Zu mehr bin ich noch nicht bereit.
Gib mir noch ein bisschen Zeit.

Die Scheidung hinterliess so schwere Wunden,
ich hab' noch nicht zu mir gefunden.
Ich such' mich noch, es tut mir leid.
Bitte gib mir diese Zeit.

Bald schon wird dein Kind mich akzeptieren.
Ich möcht' euch beide nicht verlieren.
Mein Weg zu euch ist nicht mehr weit,
aber bitte gib' mir dieses bisschen Zeit.

DER UNTERSCHIED

Von dem Tag an, als unser Vater zur letzten Ruhe gebettet wurde, war auf einmal alles anders. Wie hat er sich doch aufopfernd um seine geliebte, gehbehinderte Frau gekümmert! Helfen war für ihn eine Selbstverständlichkeit und füreinander da sein eine christliche Tugend. Dieses Kapitel ist nun zu Ende, ein neues beginnt. Ich schaute der Mutter nach, wie sie sich zur Tür schleppte. Sie wehrte sich energisch, ihre vertraute Umgebung zu verlassen. Ich wusste, so kann ein neues Kapitel nicht beginnen und wenn, wird es kein gutes. Nach intensivem Zureden war die Mutter bereit, vorübergehend zu ihrer jüngeren Schwester zu ziehen. Vorübergehend, wollte sie betont haben. Tage danach überfielen mich die aufgebrachten Tanten mütterlicherseits aus dem schönen Graubünden verbal am Telefon. Es waren wahrlich keine Laudes und Psalmen, die ich zu hören bekam. Drohend und in rüdem Ton gab man mir zu verstehen, dass sie die Mutter umgehend befreien und entführen würden, wenn meine Geschwister und ich es zuliessen, dass sie in ein Pflegeheim abgeschoben würde. Keiner von uns soll sich hinterher getrauen, die Mutter jemals wieder zu besuchen. Im Bündnerland, so meinten die Furien weiter, halten die Familien zusammen. Bei ihnen im Bergkanton sei man familiärer, menschlicher und einfühlsamer. Nicht so hartherzig wie im Unterland. Zudem, und dies sei eine traurige Tatsache, bestünde ein gewaltiger Unterschied, ob man in Zürich oder in Chur alt wird. Bei ihnen im Steinbockkanton seien die Alters- und Pflegeheime nur für Senioren, die keine direkten Nachkommen haben, sonst wird hier niemand abgeschoben. Natürlich waren diese Behauptungen ein absoluter Quatsch.

Aber verglichen mit dem, was ich sonst noch zu hören bekam, ist es nichts, worüber man sich aufregen sollte. Eine geraume Zeit wurde mein Ohr mit Drohungen und Belehrungen bombardiert. Ich wurde Opfer weiterer verbaler Angriffe. Wie Feuerflammen heizten sie mir ein und trieben mich wie ein Rudel Wölfe, respektive Wölfinnen, immer bedrohlicher in die Enge. Manche Nächte darnach träumte ich schwer und nass. Ich sah im Traum immer wieder das Rudel vor mir mit hochgezogenen Lefzen und Blut an den Zähnen. Ich wusste, wenn der Psalm stimmt, der verspricht: Der Herr macht Feuerflammen und Orkane zu seinen Dienern, dann muss es schnell geschehen, bevor Unheil über mich kommt und bevor ich in den Wahnsinn getrieben werde. Schämend und mit einem ständigen Kopfnicken liess ich die Standpauken und die martialischen Schreie über mich ergehen. Nach solchen Tsunamis an Kritiken hatte ich jeweils Eisblumen auf der Haut. Doch zunehmend glaubte ich selbst daran, dass im Bündnerland die besseren Menschen leben. So lange glaubte ich an diese Märe, bis ich erfuhr, dass eine Schwester meiner Mutter in einem Pflegeheim im Engadin einsam gestorben ist. Alleingelassen von den Kindern, Geschwistern und Verwandten. Mir kamen die Drohungen von damals in den Sinn und die schön formulierten Worte: familiärer, menschlicher, einfühlsamer. Wie war das noch mit dem Unterschied zwischen Zürich und Chur? Wie war das noch mit der Behauptung: In Graubünden seien die Alters- und Pflegeheime praktisch überflüssig? Ich habe seither öfters über das Erlebte nachgedacht. Suchte nach dem Wieso, Warum oder Vielleicht. Ich wollte die damaligen Behauptungen und Ansichten ergründen und auch verstehen, um doch noch eine simple, versöhnliche Logik zu finden. Durch

Zufall wurde ich in einem Vokabularium fündig. Im Engadin wird man nicht in ein Alters- und Pflegeheim abgeschoben, sondern man kommt in eine Chasa d'attempads e da tgira. Leider ist es dasselbe, einfach in rätoromanischer Sprache. In Rumantsch Grischun. Nur geschrieben und gesprochen wird es anders. Ich glaube, hier liegt wahrscheinlich der einzige Unterschied.

DER ZITHERSPIELER

Als Zitherspieler wohlbekannt,
zog er durch das Tirolerland.
Ach, wie sass ich manche Stunde
in seiner frohen Liederrunde.

Ich sang und trank und hörte zu
weit in die späte Abendruh'.
Sein Saitenspiel war ein Genuss,
dass man so lieb es haben muss.

Der Zitherseppl liegt in Ruh',
sein Spiel ertönt nie wieder.
Schliess ich träumerisch die Augen zu,
hör' ich noch immer seine Lieder.

IN DER FERNE

Die Heimat liegt so weit von hier.
Ich träume tief und schwer.
Das Herz ist krank, die Gedanken wirr.
Mein Kopf ist müd' und leer.

Die Berge, meine Stadt, die Schöne,
alles liegt so weit.
Mir ist's, als ob ich oftmals höre,
wie jemand nach mir schreit.

Der Wille, meine Kraft zu ordnen,
erstickt bereits im Keim.
Leib und Geist sind müd' geworden.
,,Komm, Herz, jetzt geh'n wir heim."

FRIEDEN

Die irakische Kursmaschine Istanbul – Bagdad flog in der Warteschlaufe über Bagdad. Ich zog kurz die Fensterklappe hoch, um zu erkennen, ob wir bald landen würden. Eine Hostess bat mich forsch, ich müsse mich an die Verdunkelungsvorschrift halten. Es herrsche Krieg im Land und die Maschine müsse ohne Licht fliegen, um nicht abgeschossen zu werden. Ich nickte, bat um Verzeihung und versprach, mich zu bessern und liess meine Ohren weiterhin von dieser arabischen Kebabmusik aus den Lautsprechern foltern. Eine geraume Zeit verweilte ich schon in diesem Kriegsgebiet. Ich war nur schnell in der Heimat, um meine Familie zu besuchen. Franzosen, Österreicher und Schweizer bauten hier in Bagdad mit Polen zusammen das Gesundheitsministerium und ein grosses Militärspital. Im Schweizerhaus, bei der Universität Mustansirja, im Altalibia – Hayal – Baytha – Viertel, erfuhr ich, dass alle Franzosen und Österreicher die Arbeit eingestellt hätten und bereits abgereist seien. Sie wollten so lange fernbleiben, bis der Krieg vorbei ist. Der ausschlaggebende Grund war: zwei polnische Mitarbeiter wurden vor unserer Baustelle von irakischen Sicherheitshabaschen erschossen. Vielleicht haben die Franzosen und die Österreicher ja Recht. Man sollte nicht nur das Geld im Kopf haben. Wenn man nur noch danach giert, wird es gefährlich. Während meiner Abwesenheit, so meinten meine Kollegen, sei der Krieg aggressiver geworden. Da ziehen also Kameraden ab und fliegen nach Hause, nur ich Idiot bin soeben freiwillig zurückgekehrt. Hier in Teufelsküche. Ich glaube, Auslandmonteur wird man, wenn man sich weigert, etwas Vernünftiges zu werden. Die darauf folgende

Nacht war dann, weiss Gott, brutal. Bum! Krach! Peng! Die ganze Nacht hat es gekracht. Der Nachthimmel flimmerte von unzähligen Leuchtspuren der Raketen. Es war wie an einer grossen Augustfeier. Am Morgen war ich schockiert, dass wir alle noch lebten. „Da muss ich durch", dachte ich. „Es ist ja nicht mein erster Einsatz in einem Kriegsgebiet. Ich kenne also den Weg." Als wir Schweizer am Frühstückstisch sassen, begannen überall in der Stadt die unheimlichen Sirenen zu heulen. Ganz Bagdad verkroch sich in den Schutzbunkern, mindestens aber im Kellergeschoss. Nur eine Handvoll Schweizer rannten auf das Dach, einer unter ihnen war ich. Wir mussten zuschauen, wie das irakische Militär einen verfeindeten Kampfflieger abschoss und dieser daraufhin, nach einem Salto mortale, am Boden explodierte und im Feuer und Rauch verschwand. Weiter waren wir Zeugen, wie ein iranischer Kampfjet den Liftmaschinenraum von einem Hoteldach schoss. Eine Stunde später hätten dort Schweizer Liftmonteure gearbeitet, Glück gehabt, Kumpels! Der Tod geht zwei Schritte hinter dir, nütze den Vorsprung. An den Fronten wütete das Militär beidseitig wie Berserker. Von meinem Bürofenster aus sah ich die grosse Leichenhalle und auf den mit offenen Särgen vollgestopften Vorhof. Ununterbrochen, Tag für Tag kamen grosse Lastwagen mit Anhängern, prallvoll mit Särgen. Der süssliche Leichenduft bohrte sich aufdringlich in die Riechkanäle. Neben der Leichenhalle war unser Essplatz. Für einige Kollegen war der Gestank beim Essen, verständlicherweise, störend. Auch das Gejammer der Klageweiber kann nerven. Sie klagen lautstark in sitzender Stellung vor den Särgen und trommeln mit ihren Fäusten auf die Brust, bis Blut fliesst. Diese Heulerinnen in ihren schwarzen Tschadors warten zu Hunderten an der Friedhofsmauer, bis man sie mietet. Das Wochenende, im islamischen Raum immer vom Donnerstagnachmittag bis Freitagabend, verbrachten wir, um auf andere Gedanken zu kommen, mit einer Autofahrt in den Süden. Zuerst besuchten wir die verbotene Stadt Kerbela. Für ein paar geschmierte Dinars übernehmen korrupte Polizeimänner auch die Rolle eines Reiseführers. Anschliessend fuhren wir weiter dem Euphrat und Tigris entlang, via Ktesiphon, nach Babylon. Auf der Rückfahrt nach Bagdad beklagten wir eine Reifenpanne. Wir wollten aussteigen, um den Schaden zu reparieren. Da sprang aber, von weiss nicht woher, eine Wildhundemeute auf unser Auto zu. Die Hunde drohten uns mit ihren messerscharfen Hauern, die sie uns kampfbereit durch das Glas feilboten. Widerlich hingen sie ihr tropfendes Geschlabber an die Seitenfenster und knurrten uns an, als wären sie mindestens Wölfe. Den Hunden sei gesagt: „Bitte erschreckt und fresst die Eingeborenen und nicht landfremde Gäste." Wir durften uns erst aus dem Auto wagen, als weitere Fahrzeuge in unserer Nähe auftauchten und die Möchtegernwölfe besiegt das Weite suchten. In Bagdad fuhr unterdessen ein Selbstmörder in einem mit Sprengstoff beladenen Lastwagen in ein Bürohaus und in die darin befindliche Karawanserei. In diesem historischen Gebäude haben wir am Vorabend noch feudal gespeist. Es war ein Treffpunkt und daher bei Ausländern sehr beliebt. Der Anblick muss nach der Explosion makaber gewesen sein. Ein Dolmetscher erzählte uns, die Wände seien in jedem Stockwerk mit Menschenresten tapeziert. Tage später waren wir Schweizer in der Residenz beim Konsul eingeladen. Es polterte eine gehörige Standpauke in unseren Ohren. Es war durchgesickert, dass wir Bagdad verlassen hätten, und dies sei momentan verboten und äusserst gefährlich. Eine Woche später mussten wir nochmals antraben. Wir fuhren für zwei Tage zum grossen Tarthar Lake; dieser liegt in der Wüste ausserhalb Bagdads. Es war verdammt heiss in der Stadt und darum ist es sicher kein Verbrechen, wenn man sich Abkühlung verschaffen will. Ein Skorpionstich verriet uns: Am See wimmelt es von Skorpionen und prompt wurde ein Kollege an der Nase gestochen, als er im Sand lag. Er musste schnellstens ins Spital gefahren werden. Öfters waren wir schon am See, jeder von uns hat mit den Skorpionen gespielt und es war bis anhin nichts passiert. Und jetzt diese Scheisse! Der Gestochene wurde von uns ins amerikanische Spital gefahren. Nie zuvor habe ich so eine grosse und farbige Nase gesehen. Der Ärmste litt unter enormen Schmerzen. Das Gift hatte sich unterdessen über die Stirne bis in den Hinterkopf verteilt. Unterwegs kamen wir, wie schon öfters, in eine Militärkontrolle. Diesmal war es happig. Vor dem Auto liess man uns in den Sand knien und die Hände mussten wir am Nacken festkrallen. Einige Maschinenpistolen waren auf uns gerichtet. Das Auto wurde minuziös untersucht. Der Besitzer hatte seine neue Stereoanlage nicht fachgerecht montiert, viele Kabel hingen quer im Innern. Die Soldaten vermuteten, eine Bombe entdeckt zu haben. Der vom Skorpiongift Gequälte tat mir leid. Er musste diese Kontrolle tapfer über sich ergehen lassen. Ein Tag später standen wir also wieder in der Schweizer Residenz. Der Botschafter meinte fuchsteufelswild, wir hätten die Ausgangsregeln wieder massiv verletzt. Ängstlich machte er uns darauf aufmerksam, dass sein Koch, ein Schweizer, wegen eines ähnlichen Vergehens im Kalabusch (Gefängnis) sitzt. Der Konsul liess uns wissen, wenn wir die hiesigen Gesetze weiterhin mit den Füssen träten, würden uns die Iraker ausweisen. Danach dürften wir nicht mehr in den Irak einreisen. Meine trotzige Antwort: „Wenn es einen Ort auf dieser Welt gäbe, an den ich garantiert nicht zurückzukehren gedächte, wäre es dieses Land" ignorierte er. Mit beruhigender Tonstärke meinte er, der Irak verfüge über kein Atom, diesbezüglich müssten wir uns keine Sorgen machen. Ich sagte ihm, dass es mir eigentlich egal sei, ob ich wegen einer Atombombe oder im Kugelhagel die Finken ausklopfe. Allerdings ist mir der Kugelhagel sympathischer, da ich glaube gegen Bleivergiftung geimpft zu sein. Schlussendlich endete die Predigt mit einer feuchtfröhlichen Versöhnung mit viel Whisky. Am darauf folgenden Wochenende fuhren wir wieder für zwei Tage zum See, denn die Hitze in der Stadt war wieder unerträglich. Diese Fahrt zum Tarthar Lake hätte beinahe mit einer Katastrophe geendet. Wir verirrten uns mit dem Auto in der Wüste. Alle hatten die Orientierung verloren. Eine lange Irrfahrt begann, aber nirgends fanden wir einen Anhaltspunkt. Zweimal stiessen wir allerdings auf Autospuren: auf unsere. Die einzigen, die sich abgöttisch über unsere Leichtfertigkeit freuten, waren zwei Wüstenfüchse, die wir mit Landjägern und Servelas fütterten. Bei irgendeinem unter uns ging plötzlich im Hirn eine Lampe an. Wenn wir am See lagen, erinnerte er sich, tauchte die Sonne ein klein wenig rechts von uns in den See. So fuhren wir los mit der Sonne als Kompass. Dass wir daraufhin den See fanden, kann ich verschweigen, diese Geschichte wäre sonst nie geschrieben worden. Jedenfalls war der Knall unüberhörbar, als bei jedem ein Stein vom Herzen fiel. Aber noch mehr Positives geschah. Die sonst so arglistigen Skorpione waren brav, keiner verriet uns dieses Mal. So konnten wir uns ein weiteres Lamento in der Residenz ersparen. Das Leben in Bagdad wurde immer schwieriger. Die Lebensmittelgeschäfte waren vielerorts geschlossen, weil es nichts mehr zu verkaufen gab. Der Nachschub funktionierte nicht mehr. Das Militär verteilte an einigen Plätzen Essbares. Die Kolonnen, in denen man stand, waren lang, doch jeder Kolonnensteher war froh, eine Kleinigkeit abzubekommen. Unsere Rettung aber war: In jedem Container, der von der Schweiz eintraf, waren Fressalien versteckt. Guter Rat ist Notvorrat. Trinkbares hatten wir allerdings genug, vor allem Bier und Slibowitz. Bier deswegen, weil die Einheimischen das Organisieren von Bier zu mühsam fanden. Die Mühsal begann damit, möglichst viele Harasse und leere Bierflaschen zu klauen. Soviel Leergut man in die Brauerei brachte, soviel Bier bekam man. Um diesen Deal abzuwickeln, musste man um 3 Uhr aus den Federn und dann bis zum Verkaufsstart der Brauerei im Auto warten. Nur die Erstankömmlinge bekamen den Hopfensaft. Die Maschinen und die Brauereiarbeiter waren eben nicht sonderlich schnell und fleissig. Slibowitz konnte man den jugoslawischen Lastwagenfahrern abkaufen. Diese schmuggelten die Kostbarkeit im Wassertank über die Grenze. Nicht nur die Bevölkerung, auch die Tiere litten unter der Esswarenknappheit. Viele Hunde und Katzen wühlten in den grossen Abfallcontainern nach Fressbarem. Wenn man mit dem Fuss an einen Container trat, suchten unzählige Katzen erschrocken das Weite. Der Jüngste unter uns fand auf der Baustelle eine halbverhungerte, abgemagerte Katze und brachte sie nach Hause. Mitleidsvoll fütterte er die Mieze exzellent mit leckeren Resten. Jetzt stolziert und rülpst das Tier vollgefressen in unserem Haus umher. Eines Tages, es war wieder einmal zu wenig Nahrung verfügbar, warf unser Koch die letzten Habseligkeiten in einen Topf und kreierte ein schmackhaftes Gulasch. Wir widerlichen Biester versteckten spasseshalber das wohlgenährte Raubtier. Als unser Benjamin seine Mieze suchte, zeigten alle auf den Topf. „Bevor wir verhungern, lassen wir uns noch mit einem sättigenden Katzengulasch verwöhnen", verzapften wir glaubwürdig. Der Koch pflichtete uns bei: „Das Tier war so fett und dick, schau in den Topf, wieviel Fleisch daraus gehackt wurde", log er den ehemaligen Besitzer an. Das ehrliche Jammern des vermeintlichen Witwers konnte bis in unsere Herzen eindringen. So erlösten wir ihn von seiner Trauer und übergaben ihm den Fettsack. Die Strafe für diesen fiesen Scherz kam prompt am nächsten Arbeitstag. Irgendwann am Nachmittag stürmten irakische Soldaten mit schussbereiten Bleischleudern unsere Baustelle. Mit wildem Geschrei, wie afrikanische Buschneger, trieben sie uns zusammen und führten uns auf das Flachdach beim Maschinenraum. Gegenüber auf einem Balkon stand Saddam Husain und schrie zu Zehntausenden Zuhörern auf dem grossen Platz, wie wichtig der Krieg gegen den Aggressor Iran sei. Wir mussten die ganze Rede mit anhören, nervöse Soldaten zwangen uns dazu. Am nächsten Tag lasen wir in einer in Englisch erscheinenden Tageszeitung, Saddam Husain hätte auf dem Platz zu einer Million Bürgern gesprochen. Wo die vielen Leute wohl alle standen? Am Abend kamen einige unerschrockene Schweizer Kollegen vom Heimaturlaub zurück. Sie brachten Schweinefilets aus der Schweiz mit und wollten uns mit einem königlichen Frass verwöhnen. Sie schnitten die Filets in Tranchen und legten diese grillbereit auf den Tisch. Draussen im Garten tranken wir mit den Ankömmlingen einen Begrüssungsapéro. Irgendwer, wahrscheinlich ein Vegetarier, verliess das Haus, ohne die Türe hinter sich zu schliessen. Diese Nachlässigkeit wiederum nutzten die Containerkatzen blitzschnell und manche flohen mit einem zarten Filetstück im Maul aus unseren Augen. Item. Es war anschliessend ein sehr schöner Spaghettiabend. Ein paar Tage später bekamen wir Schweizer einen Zusatzauftrag von den Irakis. Wir sollten prüfen, ob es möglich wäre, mit dem vor Ort eingetroffenen Spendgut ein provisorisches Militärspital im Nordirak einzurichten. Die Fahrt führte uns mit Militärbegleitung an die Grenze zum Iran. Auf einer holprigen Strasse kamen wir schlussendlich in die kurdische Bergregion nach Rawanduz, direkt an der Kriegsfront. Hier, in einer alten Fabrikhalle, sollte das Spital installiert werden. Diese Halle war eines der wenigen Gebäude, die noch nicht ausgebombt waren. Hier sollten wir also arbeiten. Hier sollte also das Spital mit einem Operationstrakt entstehen. Direkt an der Front, bei ständiger Ballerei und dauerndem Bombenalarm. Bestimmt kein Auftrag für zarte Menschen mit schwachen Nerven. Aber wir Schweizer kannten das ja von Mandali und Bakuba, wo wir uns auch öfters aufhielten. In solchen Momenten aber kommt der Zweifel und man fragt sich: „Bin ich hier am richtigen Ort? Soll ich den ganzen Bettel hinschmeissen? Die Gesundheit ist zu kostbar, um sich solcher Gefahr auszusetzen. Und was zum Teufel geht mich dieser verdammte Krieg eigentlich an?" Es war empfindlich kühl hier in den Bergen von Kurdistan. Ein Mann, gross wie eine Eiche und eiskalter Kämpfer mit akzentfreiem Schaffhauser Dialekt, brachte uns in ein Militärdepot. Der Verkäufer im Pullovershop strahlte uns an: „Ihr Deutsch, ihr sprechen

Deutsch. Bekommen Pullover zwei Dinar mehr billig. Ihr wissen ja, Juden und so." Der barbarische Ex Schaffhauser neben uns grinste, er fand das Geplapper lustig. Er erzählte uns, er hätte viele Jahre in der Schweiz gelebt. Als aber die Pflicht rief, sei er in sein Land geeilt, um die Ausgeburt der Hölle, die Iraner, zu vernichten. Am Boden vor der Kaserne war ein riesiges Bild von Ayatollah Khomeini montiert. Die Soldaten stampften mit ihren Stiefeln über sein Gesicht und spuckten es an. Mein Gott, was sind wir Menschen doch für eine Konstruktionsfehlberechnung. Ein Beweis dafür ist der Munotstädter mit seiner Rheinfallschnauze. Er plapperte ununterbrochen über seine Heldentaten. Knallhart erklärte er uns: „Hier in den Bergen ist es kalt, ich bin jedes Mal froh, wenn die Iraner angreifen und ich einige erschiessen muss. So kann ich danach meine Finger am heissen Gewehr wärmen." Er sagte es und bat mit einer flehenden Pose um Anerkennung. Es hat immer mehr Idioten auf unserer Kugel, dies ist meine feste Überzeugung. Der Typ ist so eisig, ein Temperaturmesser würde bei ihm Minusgrade anzeigen. Sein extrem empfindungsloses Denken war furchterregend. Um ehrlich zu sein, ich hatte Mitleid mit seinem Hirn und Herz. Eigentlich sollte man solche Menschen nicht bemitleiden; besser ist es, ihnen zu helfen. Nur bei Hirnkranken und Herzlosen habe ich Probleme und bin überfordert. Fazit: Bei so viel Hass in diesen Ländern ist Friede so aussichtslos wie die Quadratur eines Kreises. Obwohl ich irgendwo einmal gelesen habe: „Der Mensch ist zu allem fähig." Warum also nicht auch für einen dauerhaften Frieden? Frieden aber, so will mir scheinen, können wir nur schaffen, wenn wir den Frieden auch im Herzen haben. Solang es jedoch Menschen gibt, die die Grenzen der Menschenwürde ausreizen und überschreiten, ist der Traum, in Frieden leben zu können, in eine unerreichbare Weite entgleitet. Als Beweis meiner Behauptung sei hier, stellvertretend für alle Schlächter, die Schaffhauser Kampfmaschine erwähnt. Die sorglose Verkündung einer heilen Welt von einem Propheten: „Siehe, wie fein und lieblich es ist, wenn Brüder und Schwester einträchtig beieinander wohnen", hört sich, wenn man so etwas erlebt, schizophren an. Es ist doch nicht allzu schwer festzustellen, dass die Bösen immer aktiver sind als die Guten. Gestatten Sie, dass ich an dieser Stelle lächle? Mir kommt ein Spruch in den Sinn: „Stellt euch vor, es ist Krieg und keiner geht hin." Wie einträchtig wir doch wirklich zusammenleben könnten, wenn dies nicht nur ein lustiger Gedankensplitter wäre, sondern kluge Wahrheit würde. Am Nachmittag stolperte ich durch das Ruinenstädtchen. Unglaublich, wie hier die Verfeindeten mit raubtierhaften Praktiken gewütet haben. Ich begegnete Menschen mit hoffnungslosem Tunnelblick: einsamen Verlierern und unzähligen umherirrenden Kriegsgeschädigten. Viele haben nicht nur Geld und Gut verloren, sondern all ihre Liebsten und Nächsten. Hier an der Front wird auf alles geschossen, was sich bewegt: auf Väter, Mütter, Greis und Kind. Sic transit gloria mundi! So vergeht die Herrlichkeit der Welt! Mir kommt der Artikel 1 der Menschenrechtserklärung in den Sinn: „Alle Menschen sind frei und gleich an Würde und Rechten geboren." Ich schaue mich um und mir wird übel. Wenn ich solches Elend betrachten und erleben muss, komme ich zur Erkenntnis: Man sollte nicht in der Vergangenheit oder in der Zukunft leben, sondern sich ganz auf die Gegenwart konzentrieren, so wird das Leben einfacher. Vor mir an einer Steinhalde sass ein Kind. Es misstraute mir, es senkte seine

Augen und schaute zu den Füssen. Ich schenkte ihm ein paar Schokoriegel und erzählte, dass irgendwann Friede ins Land käme. Es kam mir auch nichts anderes in den Sinn. Was sollte ich denn sonst erzählen? Ich fragte es: „Du sehnst Dich sicher nach Frieden?" Es schaute mich an, es wusste nicht, was es erwidern sollte. Dann kam zögernd die fast unglaubliche Antwort: „Frieden? Was ist das? Ich und mein Bruder leben hier im Krieg. Wir Kinder kennen Frieden noch nicht." Es traf mich hart. Ich denke oft an dieses Kind. Frieden? Was ist das? Auf meine Frage: „Sehnst Du Dich nach Frieden?" hat es mit einer Gegenfrage geantwortet, weil es die Antwort nicht wusste. Sie, die Kinder von der Front, kennen nur Krieg, Brutalität, Gewalt, Tod, Feuer und Flamme, Bomben und Vernichtung. Warum tun wir das uns und unseren Kindern an? Ein kluger Kopf sagte vor Jahren zu diesem Thema: „Es gibt keine Antwort. Es wird keine Antwort geben. Es hat nie eine Antwort gegeben. Das ist die Antwort." Kinder sind die Hauptleidtragenden der täglichen Gewalt im Irak und Iran. Viele Minderjährige sind von Krankheit und schlechter Ernährung bedroht. Hunderte sind in Schusswechseln ums Leben gekommen oder verletzt worden. Unzählige haben infolge Gewalt Mutter und Vater verloren. Viele sind auf der Flucht und andere wiederum leben derzeit in Flüchtlings- und Waisenlagern. Die Kinder zahlen einen zu hohen Preis. Sie haben hier in diesem Land und in anderen Kriegsgebieten dieselbe Chance wie ein Kerzenlicht im Sturm. Unzählige Kinder im Irak und Iran leiden unter Stress- und Traumasymptomen wie Bettnässen, Stottern oder sogar Stummheit. Das Aggressivitätspotenzial ist oft höher als vor dem Krieg. Schuld an den Traumen seien Kriegsbilder, die die Kinder tagtäglich zu sehen bekommen, oder auch der Verlust von Angehörigen. Das sind diese Kriegskinder und sie fragen uns: „Friede? Was ist das?" Wir sollten hinschauen und nicht wegschauen, auch wenn uns die vielen fürchterlichen Nachrichten von den Kriegsschauplätzen abhärten und uns sogar zum Gähnen bringen. Vielleicht auch deshalb schreibe ich das Erlebte hier nieder. Deshalb, weil wir hinschauen sollten, den Kindern zuliebe. Die ewigen Versprechen von uns Erwachsenen den Kindern gegenüber: „Es kommen bestimmt bessere Tage. Das Gute bekommt seine Belohnung, das Böse seine Strafe. In allen euren Herzen wird bald wieder die Sonne scheinen. Dies ist so, weil es Gott so will." Solche Versprechen machen uns Erwachsene unglaubwürdig, weil es eben nicht so kommt, oder sehr lange nicht so kommt. Solche Versprechen sind nur eine Decke, die Kinder aber, die sich damit zudecken, werden vor grosser Kälte schlottern. Lassen wir die Kinder nicht schlottern, decken wir sie nicht mit banalen Versprechen zu. Ein Händedruck, eine Berührung, ein Lächeln, ein liebes Wort bringt mehr, als wenn wir den lieben Gott in unseren Versprechen mit einbeziehen. Wie oft hörte ich: „Allah wird es schon richten." Widerlich. Wenn Gott wirklich den absoluten Frieden auf der Erde wollte, dann hätten wir ihn. Vielleicht aber ist es genau dieses Stahlbad, wo wir durch müssen. Durch all den Kummer, durch all das Böse und Schreckliche, durch all den Dreck. Warum aber trifft es immer dieselben: die Schwächsten, die Kinder? Eben, weil wir wegschauen, weil wir blind sind und behämmert. Mehr noch, weil wir den Kriegsverbrechern zujubeln. Ihnen für die entsetzlichen Vernichtungen und Verwüstungen gar ein Denkmal setzen. Allerdings, und da bin ich froh darüber, sind diese Statuen hohl, vielleicht ein ungewollter Zufall, der aber seine Berechtigung hat. Nicht genug! Weil wir diabolische Brandschätzer, welche die grässlichsten Vernichtungsgifte ersinnen und zusammenbrauen, mit dem Nobelpreis belohnen. Hurra! Ich bin kein Weltverbesserer, kein Mönch, Heuchler oder Prediger. Wenn ich schreibe „Schauen wir hin, nicht weg", dann meine ich auch mich. Ich glaube an einen Frieden, oder hoffe zumindest auf eine friedlichere Zeit. Darum möchte ich keinen Punkt setzen, nur ein Komma, vielleicht fliegt wirklich einmal eine weisse Taube zu uns auf die Erde. Ich wünsche es für mich, für Dich und für unsere Kinder. Damit kein Kind auf dieser Welt je fragen muss: „Friede? Was ist das?" Freunde, schaut mir in die Augen, wenn Ihr fragt: „Friede? Was können wir tun?" Als ob wir das nicht wüssten!

Im gleichen Verlag erschienen:

ARTHUR BERGINZ

LICHT IM DUNKELN

Gedichte und Kurzgeschichten
Geschrieben 1986 – 2000

ISBN 10: 3- 8334 – 6083- 0
ISBN 13: 978 -3 – 8334 – 6083 – 8